U0665586

创意写作书系

大学创意写作·文学写作篇

葛红兵　许道军　主编

中国人民大学出版社

·北京·

　　本书为 2014 年度教育部人文社会科学研究规划基金项目"英语国家创意写作研究"（项目号 14YJA751025）结题成果

主　　编：葛红兵

执行主编：许道军

编　　委（排名不分先后）：

葛红兵　上海大学

王宏图　复旦大学

刁克利　中国人民大学

梅子涵　上海师范大学

张永禄　上海政法学院

刘川鄂　湖北大学

王泽庆　安徽大学

戴　凡　中山大学

刘海玲　广东外语外贸大学

江　冰　广东财经大学

田忠辉　广东财经大学

胡建波　西安传媒学院

徐秀明　杭州师范大学

何荣誉　湖北民族学院

刘业伟　江苏师范大学

宋红岭　江苏师范大学

赵　牧　许昌学院

张　鹏　泰山学院

陈佳冀　江南大学

路　云　湖南涉外经济学院

许　峰　广东财经大学

陈小碧　温州大学

郑周明　《文学报》

黄　斌　广西师范学院

任丽青　上海大学

黄建华　上海大学
施逸丰　上海大学
周康敏　上海大学
陈　鸣　上海大学
刘卫东　上海大学
许道军　上海大学

编写者：

葛红兵　郑周明　高尔雅　许道军　许峰　刘卫东　张雪雨晴　雷勇
施逸丰　周康敏　任丽青　黄建华　王雷雷　张永禄　陈鸣　邬智冬
班易文　黄斌　吕永林　王磊光

总 序

2004 年，我从英国剑桥大学回来，带回两个想法：一是中国文化会产业化发展；二是高校文学教育会创意写作化。当时很难，谈"文化产业化发展"，谁都不理解，那个时候国内正兴起"文化批评"，批评西方的文化工业；谈"高校要培养作家，要培养面向文化产业的写作者"，谁都摇头，那个时候，多数高校中文系是不培养作家的。

高校中文系要培养作家，同时要面向文化创意产业，培养文化创意产业基础从业人员。创意写作包含文学写作，同时也包含面向创意产业的生产性文本的创作——策划人，各种撰稿人，创意活动的组织者、领导者。高校的创意写作学科要培养作家，就是我们传统意义上的纯文学作家，要培养类型小说作家、影视编剧，要培养文化产业的基础从业人员——策划编撰人员，培养创意策划师。

创意写作是实践领域，但是，研究创意写作的内在规律，研究创意写作的教育教学规律，却是"学科"。高校需要这样的学科，需要有能研究、能在理论上说清楚它的人，现在创意策划师不被承认，地位低于创意设计师，或者说，几乎没地位，用文稿写出来的创意不值钱，不当真，为什么？就是因为没这个学科。所以，我们要创建中国化的创意写作学科。

其中，创意写作教育教学方法的研究尤其重要，现在各地都在办创意写作，有一窝蜂的倾向，但是，我们的研究还没有跟得上：一是作家教写作的体制；二是工坊制培养的体制；三是面向实践的强调实践能力的教学体制；四是创意潜能激发的课程思维。这些和我们传统的写作教学完全不同。传统中文写作学是教格式写作、写作技巧；而现代创意写作是教创意思维，让人成为有创造力的人，提升文化创造力，让文化创造力也成为生产力要素。我有个说法：科技是生产力，文化也是生产力；高校要做科技发动机，也要做文化发动机；让文化创新成为生产力，现在已经不是口号，而是正在发生的事实了。

要呼吁高校文学教育改革，创建本科创意写作教育教学体系，要呼吁承认文学教育是艺术教育，创意写作应该有自己的专业硕士方向。现在的问题，让我很担心，一哄而上搞创意写作教育，将来会是什么样子？（1）是否真的研究了创意写作学科？是否对创意写作有本质认识？教学方法是否有根本改进？（2）是否真的用实践教学、用工坊制教学？是否能实现作家教写作？（3）是否会用纯文学观念束缚学生？（4）是否研究了下游文化产业、文化服务及文化消费？是否能培养有领导力的新一代文化产业从业人员及领导者、开拓者？

这套书的作者均为中国一线创意写作研究专家，他们把这个学科带入了中国，对这个学科的中国化创生做出了卓越的贡献，这些专书有些经过高校相关课程的实证，用作教材，学生觉得有用，学生有好评；有些专书直接来自一线作者和工作者，它们紧贴写作爱好者的实践、文化创意产业一线创意工作者的实际，上手快，能直接指导实践；有些专书来自这个学科第一批博士研究生、硕士研究生的研究成果，他们是中国第一批"创意潜能激发""创意技能拓展""创意潜能量化评估""创意写作教育教学方法"等方面的研究专家。

　　这套书是为写作学习者、爱好者及创意产业从业人员而编撰的，希望它成为学习者的教科书，也成为从业者的工作指南。

葛红兵

2015 年元月于上海

前　言

　　创意写作兴起于 19 世纪末美国高校文学教育改革，发展至今已成为培养目标明确、教育理念先进、教学方法科学、教学内容完备的大学科，为美国乃至英语国家文学创作的繁荣、文化创意产业的发展以及创意国家/城市的形成起到了巨大的推动作用。在创意写作学科体系中，大学教材是重要组成部分。中国高校写作教育亟待改革已经是不争之事实，而创意写作在中国已得到广泛重视，许多高校开始了教育教学及学科创建实践，但中国尚缺少打通"文学写作"与"应用写作"、教育理念与写作训练一致、可教与可学的写作教材。鉴于此，我们决定在创意写作学科视野下，重新编撰大学写作教材，服务于高校写作教育改革与创意人才培养需要。

　　在写作教育和作家培养的意义上，"创意写作"主要是指文学写作和一切适应现代生活需要的写作以及相关的写作教育，而后者类似于我们传统意义上的"应用写作"，但区别在于，有关它们的教学却是在"作家可培养""技巧可提高"的视野下进行。本套教材被命名为"大学创意写作"，内容依旧以"文学写作"和"应用写作"的原理探讨和技巧教学为主，适用于传统的"应用写作"和"文学写作"课程，也适用于新兴的"创意写作"课程，比如"创意文案""软文写作"等。内容分为上、下两册，上册为《大学创意写作·文学写作篇》，包括"创意写作概论"（两章）和"文学创意写作"（四章），共六章；下册为《大学创意写作·应用写作篇》，共五章，附加"申论"。全书共十二章，基本上形成了原理与技巧、理论与实践、能力与素养等多方面自洽的体系。

上册《文学写作篇》回顾了创意写作的学科历史，阐释了创意写作的学科理论，从历史方面和理论方面回答了"何谓创意写作"和"创意写作为何可能"这些根本问题，并在这个视野下探讨了文学创作教学和作家培养的具体路径。

第一章概述了创意写作学科在美国的兴起、全球化传播、本土化深入以及在中国的中国化实践状况，其中涉及创意写作兴起的历史背景、全球化与本土化发展趋势，对中国方兴未艾的高校写作教育改革及中国创意写作学科的创建具有较重要的启示意义和借鉴价值。第二章概述了创意写作的学科视野、理论基础和教学方法，回答了中国为什么要发展创意写作、创建创意写作学科的现实问题以及"作家为何可以培养/怎样培养""创意写作为什么可以教/可以学"和"创意写作如何教/如何学"的学科基本理论问题和方法问题。这一部分虽然在全书所占的文字分量较少，但却是教育部一般课题"英语国家创意写作研究"课题团队（也是教材编写的核心成员）前期大量调查和研究的结果，许多内容属于第一次发表，相信有一定的价值，可以算作本教材的一个亮点。同时，将创意写作作为一个学科科目进行学术探讨，在某种程度上也是对世界范围内创意写作本体论研究的一个推进。

第三、四、五、六章选取了具体的文学文体，在原理和技巧上进行了充分探讨。教材借鉴了传统形态学、叙事学、结构主义等与写作实践密切相关的理论，包括使用了这些理论体系的术语、概念等，但是又力图走出它们的视野，从创意写作学角度探讨各种具体的文体"是什么""好的作品是什么样子""怎么样写出类似的作品"，而不是过多地讨论它们的意义、价值、沿革等与技巧关联不大、难以转化成能力的部分。之所以将"编剧"也放在这里，是因为编剧的核心仍旧是"故事"，而不仅仅创作"表演"的辅助文体，因此按照惯例将它与"散文""诗歌""小说"几种文体放在一起，但它所具有的生产性、工具性的文体特征与作为欣赏性的终端作品的不同还是显而易见的，它不是"戏剧文学"，而是服务于行动、表演的"文体"。在选取传统欣赏类文学文体方面，教材亦有自己的特点，它依旧根据教学实践特点和学生实际兴趣需求，选取了"自由诗"与"歌词"、"故事"与"小说"、"非虚构文学"与"散文"、"小品文"与"电影剧本"几种。一线写作教师或许都有相同体会，歌词很少被写进教材，但不少学生喜欢歌词，成为诗人可能性小，会写歌词倒是有可能；写电视剧机会少，用得上戏剧小品的机会多，几乎每个大型活动都需要小品；讲好了故事，才会写小说。近年来，非虚构文学作为一种热潮，影响了中国文坛和社会，而作为一种包容性非常强同时又强调个人身份、立场的写作，非常适合大学生的学习和个人成长。

　　下册选取学生最感兴趣、日常生活中使用最为广泛的几种应用文体，围绕它们的文体特征进行详细讲解和跟进训练。一方面，教材严格遵循各个文种/文体的"文体规范"，体现应用写作"带着镣铐跳舞"的特征；另一方面，应用写作同样可以渗透"创意性"，体现"创意写作"的特点，那就是在总结"写作要点"时，始终贯彻创意写作"对象化思维"，即"创意写作是交流、沟通"的理念。文体的规范化写作是手段而不是目的；写作的对象不是笔下的文字，而是始终以不在场的方式在场的"读者"，人，具体到某些文体，这些人可能就是"客户""领导"或"公众"；应用写作在本质上不是"文字与文字的交流"，而是"人与人的交道"。

　　教材试图在体例上有所创新，具体表现在，从第三章起，每一节分"文体界说""文体特征""写作要点""写作训练"和"延展阅读"五个环节，"文体知识""写作指导"和"写作训练"三位一体。将"文体特征"和"写作要点"分开，我们认为是本教材的另一个特点或者说亮点。我们相信，画师在画室里不会对着学生说："看，这就是葫芦，你们依葫芦画瓢吧。"而会告诉学生，他们应该从哪里下笔，如何形成一个完整的结构。当然，将"文体特征"和"写作要点"分开，对于撰写者来说，是一个很大的挑战。能否实现教材的预设目标、实践创意写作理念，有待在以后的教学实践中检验。"他山之石，可以攻玉"，每部教材都有自己的视野、方法和侧重点，同时也有自己的盲点，因此我们在每一章的后边附有"延展阅读"，向读者推荐相关方面的重要著作，以供参考。"补充阅读"部分针对章节中的论述未展开的部分，利用阅读器的优势，或是提供较完整的作品，或是提供更丰富的资料，或是引用充分的论述，或是补充具有操作性的训练方案，并加以简短点评，加深对相关部分的理解。这一部分有文字，有图片，有网络链接，教材将它们做成二维码，用于扫描阅读。在字数上，这部分同样篇幅不小，"隐形文本"与"显形文本"并重，也是教材特色。

教材各章节的具体写作分工是：

上册《文学写作篇》第一章"创意写作的兴起"编写者为葛红兵、高尔雅、郑周明，第二章"创意写作的学科视野、理论基础与教学教法"编写者为许道军、雷勇、刘卫东、张雪雨晴，第三章"故事与小说"编写者为许道军、许峰，第四章"小品与电影剧本"编写者为葛红兵、黄斌，第五章"非虚构文学与散文"编写者为吕永林、王磊光、王雷雷、任丽青，第六章"自由诗与歌词"编写者为许道军、张雪雨晴。

下册《应用写作篇》第一章"公务文书"、第二章"事务文书"作者为施逸丰，第三章"商务文书"作者为周康敏，第四章"策划文案"编写者为陈鸣、邬智冬、班易文，第五章"学业论文"编写者为王雷雷、张永禄，附录"申论"编写者为黄建华。这里，对他们的辛勤劳动表示感谢。

许道军　葛红兵

2015 年 4 月 7 日

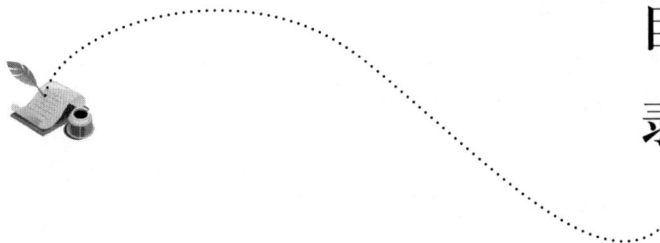

目 录

第
一
章

创意写作的兴起

第一节　创意写作的肇始

"创意写作"（creative writing）一词的提出，可以追溯到 1837 年爱默生（R. W. Emerson）在美国大学优等生荣誉学会上发表的题为"美国学者"的演讲。但这时的"创意写作"是与"创造性阅读"（creative reading）相对应的一种呼唤文学回归本体、重振个体主观意识的文学学习理念，与此后延续至今的高校创意写作学科并非同一概念。尽管在爱默生之前也有学者使用过"creative writing"一词，但爱默生对古典文学研究困境的突破与此后真正意义上的"创意写作"对传统文学学习策略的反叛之间存在着一脉相承的精神特质。①

从彼时"创意写作"名称的提出，到真正意义上创意写作理念的产生，再到创意写作最终实现学科独立，经历了几次重大转折。

一、19 世纪 70 年代的美国文学教育变革

在 19 世纪 70 年代，语文学研究作为将现代英语文学提升至与古典文学等同地位的重要手段而兴起，为此后创意写作的萌芽埋下了伏笔。美国文学教育的语文学研究在很大程度上照搬了德国范式，除具有文化研究的功能外，更主要的是对文学作品的语言进行自然科学式的分析解读，以实证主义方式消解了文学作为人类话语的阐释的必要性。爱德

---

① MYERS D G. The elephants teach［M］. Chicago：University of Chicago Press，2006：173.

华·罗兰·西尔（Edward Rowland Sill）是最早一批在高校教授英语课程的诗人之一。他在 1880 年最早意识到了语文学教育理念所造成的困境："目前为止，现有的文学作家都已经被研究完了，而且在很大程度上仅被当作语文学来研究……语言作为文学的外壳，已经被灌注了太多犀利精彩的学术内容，但问题的本质，即文学自身却被忽视了。"① 此前学界普遍认为，除了像荷马、维吉尔这样的作家，其他人的作品根本不值一提；随着语文学的兴起，现代英语文学的地位虽然得到了确立，却同时否定了理想主义的创作激情。也就是说，文学研究仅限于对已有经典文学作品的分析，而对文学创作持轻蔑的态度，正如《美国语文学期刊》（*American Journal of Philology*）的创始人巴兹尔·格德斯利夫（Basil Gildersleeve）将文人与语文学家之间的区别类比为"花匠"与"植物学家"的界分。②

二、19 世纪 90 年代的美国文学教育变革

19 世纪 90 年代，语文学结束了 30 年的兴盛期，僵化之态毕现，这为真正意义上的"创意写作"的产生制造了契机。虽然语文学为现代语言学的产生和发展奠定了基础，却对激发文学活力裨益无多。此时被压抑的创造力卷土重来，其反抗对象由古典文学转向了语文学与修辞学，以结构主义反基本教育论的姿态，力图实现对漏洞百出的现行教育体制的重新建构，"英语写作"（English composition）应运而生，而真正意义上的创意写作也以此为肇始。

在认识到以基本教育论、天赋论为借口而忽视纯文学的状况的同时，文学生成的创造性也逐渐得到认可。在最初的历史学、语言学教学方法宣告失败之后，教育者将关注点转回到文学本体，从写作实践出发

---

① SILL E R. Should a college educate［M］//The elephants teach. Chicago：University of Chicago Press，2006：16.

② GILDERSLEEVE B. Selections from the brief mention［M］. Baltimore：Johns Hopkins University Press，1930：48，110.

开始了在黑暗中摸索的过程。究其原因，除了这种训练仍受修辞学影响、过分拘泥于词句的准确性之外，更重要的是对体验与表达的重视程度不够。写作训练仅停留于笔耕不辍的行为层面是远远不够的，应更加深入发掘心灵层面的个性潜质——观察世界的视角、内部的评判标准、客观而富有感情的描摹技巧。这些后天习得的能力被一概划归为"天赋"，实质上是文学教育者对自身责任的逃避。但写作实践的全面展开在一定意义上是对此前"理论至上"的文学教育理念的矫枉过正，其代价也是惨痛的——不论学生还是教师，都疲于奔命地应付数量庞大的强制生成的文字，而实际创作水平的提升却收效甚微。教学不从理论层面而是从实践层面出发，单纯提倡写作而不对学生进行思考方式、观察途径、表述技巧方面的启发、引导，培养出的顶多是二流报刊的写手。作家的基本素质既要求有灵活的思维力，也要求有扎实的知识基础，这两方面的要求决定了其培养机制只能够存在于高等教育体系之中。同时，对感知力和判断力的高标也将一线作家推上了最佳教师人选的位置。美国戏剧教育家乔治·皮尔斯·贝克（George Pierce Baker）以哈佛大学为平台建立了"47 戏剧工坊"，明确提出以培养剧作家、布景师和制片人为目标，由经验丰富的剧作家带领初学者从实际创作出发，向初学者展示成熟的剧作家是如何迅速有效地解决戏剧生成过程中所遇的具体问题的，从而助推其成长。同样地，1903 年，小说家查特菲尔德-泰勒（H. C. Chatfield-Taylor）也提出了类似的"工作室教学体制"，由著名作家带领年轻作家，改变了后者独立摸索创作方法的艰辛状况。写作机制由此开始成型。

三、世纪之交写作机制的探索实践

19 世纪末 20 世纪初，文学的审美价值受到商业价值的极大冲击。随着技术革命的突飞猛进，不仅出版业重心转移到了纽约，更重要的是，由此掀起的文学商业化大潮席卷了整个美国。在这次冲击之下，严肃作家、诗人们产生了两个方向的分流：避世隐居的波西米亚式的生活和受聘于高校执教的生活。在这两种看起来背道而驰的选择背后，暗含着深层的共同点：一方面是对严肃文学的坚持；另一方面，工坊制集体诗歌创作模式得到了延续与发展。这为白热化文学商潮退却后纯文学的恢复保留了火种。

从亨利·沃兹沃斯·朗费罗（Henry Wadsworth Longfellow）开始，美国作家逐渐开始在高校任教。然而他们的首要目的是为了解决经济问题。根据美国劳动统计局数据显示，直到20世纪50年代，全职自由作家的平均收入始终在拖国民平均收入的后腿，他们中只有极少数人可以仅凭写作维持生计。

20世纪20年代驻校作家制度的确立，既为相当一批作家解决了经济上的后顾之忧，为作品产生提供了物质保障，又使创作传统得以在青年中代代延续，为文学提供了源源不断的新生产物。正如第一批驻校诗人之一的罗伯特·弗罗斯特（Robert Frost）所说，诗人在高校执教的目的发生了转变，他们只会出于自己对教学的兴趣才去教书。这一时期的卡梅尔、麦克道威尔、雅斗艺术社区以及布瑞德·罗芙夏季会议与高等教育体系在经济保障方面有着类似的性质，它们为艺术家提供或长期或短期的食宿，以确保他们心无旁骛地创作出真正的艺术作品。

然而现实却不像看上去这么理想，不论是高校还是艺术社区，并非来者不拒，由于自筹资金来源的短缺与不稳定，只有那些"功成名就"的艺术家才会被接纳。因此，这种体系并不能为创意写作提供足以发展为一项规模庞大、生机勃勃的产业的广阔空间。

四、战后创意写作系统的蓬勃发展

20世纪五六十年代，在战后"婴儿潮"、美苏军备竞赛的时代背景下，美国政府大幅增加教育财政投资，创意写作教学也在这期间得到迅猛发展。到 1970 年，全美已经有创意写作硕士点 44 个。

规模提升的同时，创意写作教学体系也逐渐完善。在 20 世纪 20—40 年代占主流的进步主义教育运动中，受美工教育原则影响而产生的集体创作与集体批评被确定为工坊教学法。工坊创作活动与阅读研讨会成为美国创意写作教学的主要教学形式，并以学分的形式得到相应的量化。例如在早期的爱荷华大学，学生每学期 2/3 的课时是在工作坊完成的，剩下的 1/3 则用于阅读研讨会内容或独立学习；直到最后一学期，工作坊活动时间才被毕业作品创作所代替。

五、1976 年创意写作学科独立

1976 年，美国哲学学会进行了重新分类，使"创意艺术"从"艺术批评"中分化出来，创意写作就此成为一个独立的分支。同时，也彻底弃绝了其最初目标——"创意写作的任务不是培养训练职业作家……真正目的在于提高学生创造性体验的能力。"① 很难想象作为培养美国作家和创意人才"超级机器"的创意写作体系，正是在二战后教育民主化进程、美苏军备竞赛、60 年代"婴儿潮"的时代背景下背离了最初目的而走上产业化发展道路的。

延展阅读

一、推荐书目

1. FENZA D W, JAROCK B. AWP official guide to writing programs, 6th ed. Paradise, Calif. : Dust Books, 1992.

2. RUSSELL D R. Writing in the academic disciplines, 1870—1990: a curricular history. Carbondale: Southern Illinois University Press, 1991.

---

① MYERS D G. The elephants teach [M]. Chicago: University of Chicago Press, 2006: 123.

3. KAUFMAN S B，KAUFMAN J C. The psychology of creative writing.［S. l.］：Cambridge University Press，2009.

二、补充阅读

请扫二维码，以进一步了解国内外创意写作发展历史及研究现状。

（一）创意写作本质与创意写作学科定位研究

（二）创意写作历史研究

（三）创意写作方法研究

（四）分类（分体）写作法研究

（五）上述以外的其他研究

（六）结语

第二节　创意写作的核心理念——理性、民主、普适

美国当代学者马克·麦克格尔（Mark McGurl）用"高级多元文化主义"（high cultural pluralism）来概括二战后（尤其是 1980 年代以来）美国创意写作发展的一大核心特征。多元现代性强调对个体生命的充分关注，因而多元文化主义既是由美国复杂的民族构成、社会结构的必然产物，反过来，又在弥合不同阶层间罅隙的方面发挥了显著作用。这也使得多元文化主义在美国文化中得到了相对一致的认可。

一、理性的 "养成论"

创意写作的根本理念，在于承认每个人都有进行创意写作的能力，反对"作家写作能力与生俱来"的"天才论"，而提倡"写作能力可通过后天学习而获得"的"养成论"。因此，在美国，创意写作发展史同时具有某种民主化进程史的性质，即创意写作推广过程中，淡化了写作技巧对写作者严格的准入要求，一定程度上摆脱了"技术型现代主义"对科班技巧的偏执强调，尊重各个社会群体和阶层的话语权，并为其代言，使之发声。例如 1944 年颁布的《退伍军人安置法案》为二战退伍老兵提供了为期两年的免费高校教育，共计二百二十多万退伍士兵在随后的几年涌入全美各高校。一方面，退伍士兵的涌入扭转了精英教育垄断高校体制的局面，促使教育机构转变自身职能理念，将服务对象由精英知识分子扩展至全社会，扩大和密切与社会的联系，这导致的直接表

现就是此后十年高校大规模扩招，既体现了高等教育的民主化进程，同时也大大增强了高校的社会影响力。另一方面，退伍士兵为居于象牙塔而日趋僵化的高等教育体制补充进了新鲜血液——社会隔离、阶层分化、情感激励与创伤等作为文学创作的素材基础，在战后创意写作教学指导体系内被给予了极大的重视——为他们提供讲述独特战争经历的机会，也就是为文学创作寻找活的灵魂内容。这一点在此后的黑人写作、女性写作中同样得到了印证——他们所代表的下层中产阶级的声音得以打破高雅多元文化的垄断，通过文学的形式传达出来。

二、民主的培养机制

创意写作在全美广泛传播最初的重要推动力，是 20 世纪 20 年代的教育改革。这为二战后颁布《退伍军人安置法案》及一系列高校扩招政策促成创意写作在美国的全面繁荣奠定了先机。

著名实用主义教育家约翰·杜威（John Dewey）强调社会改革与教育改革的共生关系，即外部工业社会强调"实践性"，校园内部教育则相应强调"实用性"。20 世纪 20 年代，学生的创造力已经被发现并获得承认，学校教育的任务就是保护和促进这种内蕴力。此后至 30 年代，杜威的"学生中心主义"教育实验在以移民为主的郊区学校展开，其中也包括对非裔美国人的教育。学校机制化改革越来越重视学校、家庭、社会的三方互动，对学生"创造性表达"的提倡获得了家长的支持，也使一部分郊区学生在未来跻身中产阶层成为可能。① 一方面，学生中心主义社会化大生产对学校教育提出的要求，反过来强调学校与社会生产之间的联系，也有助于实现学生自我表达的最大价值。这种教育机制的推广分为前后两个阶段：第一阶段是为部分具有较强创造力的儿童提供民主环境，允许他们与生俱来的创造力进一步发展；第二阶段则是从物质和精神两方面建立具有

---

① 麦克格尔. 创意写作的兴起：战后美国文学的"系统时代"[M]. 葛红兵，郑周明，朱喆，译. 桂林：广西师范大学出版社，2012：61 - 62.

一般创造力的个体与层次较高的创意企业家、艺术家之间的联系。

在学校与家庭协调合作的过程中，始终呈现出一种向对方转化的倾向。家庭和学校代表两种截然相反的教育模式，对于学习者而言，前者过于轻松自由，后者略显限制强迫。更加适宜的学习环境介乎二者之间，即对学习者进行程度适当的限制，营造一种具有相对宽松的氛围、便于协作学习的教学情境。此后创意写作工坊成员间形成的亲密关系正是这种教学理念的期望效果。

爱荷华作家工坊的首任负责人威尔伯·施拉姆（Wilbur Schramm）接受了斯金纳行为主义理论，将系统教学定义为"学习经验"，使系统"成为学生的导师，带领学生实践一组设定的有序行为"，通过程式化、模块化的手段，将训练内容逐层强化递进。[①] 此后十几年，在面对高等教育迅速普及的现实状况时，美国高校也采纳了与之类似的系统化培养方案，在满足大众教育需求的同时，也为自主教育、个性化发展留下了足够的空间。

挖掘内蕴于学生心理行为机制深处的潜在能力并适时、适法地进行激发，可谓是创意写作教育教学发展，乃至创意写作学理论、实践建构所迈出的重要一步。不论从实用主义还是从行为主义出发，学生都被确定为写作活动的中心，即"学生中心主义"成为写作教学的起点。创意写作系统教学与大众高等教育相辅相成，从根本上决定了创意写作民主、普适的本质特点，这为创意写作活动进行客观评价提供了可行性基础。

三、普适的创意原则

20 世纪早期文学教育体系的目标是："如何能够超越普通的学习陈规和标准化考试，让学生充分运用自己的想象创作故事或诗歌？如何在课堂上让学生形成专业的作家身份意识？"[②] "自主诗化"的概念由此产

---

① 麦克格尔. 创意写作的兴起：战后美国文学的"系统时代"［M］. 葛红兵，郑周明，朱喆，译. 桂林：广西师范大学出版社，2012：149.

② 同①2.

生，即创意写作系统时代作者身份的扮演。

"写你知道的"是创意写作的重要指导原则之一。该原则在高校写作中的运用，可以追溯到 20 世纪初"英语写作"时期哈佛的"每日一题"。教师鼓励学生进入社会，观察生活，关注细节，感受现实，转变以往对外部世界的冷漠态度，在坚持每天强化叙述能力的同时，培养一种全面、客观、独立、敏锐、富有同情心的思维模式，发现并积累生活素材，作为完成正规论文的材料基础。尽管"每日一题"在饱受诟病中存在了 20 年后被绝大多数美国高校取消，但 20 年的时间足以使"从个体角度出发观照世界"成为一代高校作家的创作原则并延续下去。

诺曼·福斯特（Norman Foster）提出，以"富有想象力"的写作来取代传统文学学习的德国范式，以深度的文学学习来代替虚假的学术研究。① 如果说关注现实更多是为自主诗化提供基础材料和训练基本能力，那么福斯特对想象力的强调则直指对基础的升华提高，即向泥人吹一口灵气使之成活。

创意写作经历了一个由"自我"到"非人称化"的发展，目的在于培养写作者真正的创作情绪，而非单纯的情绪宣泄。对经验和自我的强调需要限定在一个理性、适度的范围之内。马克·麦克格尔在《创意写作的兴起：战后美国文学的"系统时代"》一书中提出了自主诗化过程中"创造力—技巧—经验"的三维金字塔结构（见下图）。这一结构包纳了各种文学创作理念，而各种理念因其倾向不同而在三维坐标系里占有其特定位置。创造力自我表达与技巧自我提升二者同个人经验各有交集，当"自我表达""自我提升"与个人经验的关系更加密切时，与创造力和技巧的距离则会拉开，三个坐标轴上的值之间维持一种动态平衡的关系。②

---

① 麦克格尔. 创意写作的兴起：战后美国文学的"系统时代"［M］. 葛红兵，郑周明，朱喆，译. 桂林：广西师范大学出版社，2012：84.

② MCGURL M. The program era：postwar fiction and the rise of creative writing ［M］. Cambridge：Harvard University Press，2009：81，85.

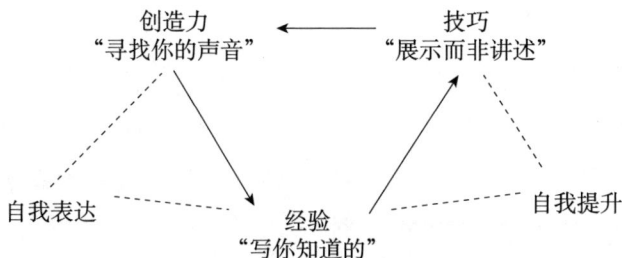

尽管作为当今美国经济一大重要支柱产业的生发点，美国创意写作的全面兴起始于二战后；实际上，创意写作从萌芽至今，已经经历了约130年的发展历程，业已形成一套相对成熟、完善的教学理论与培养模式。在我国，创意写作作为新兴学科正处于初创阶段，通过美、英、澳等国的成功范例，一方面可以欣喜地预见该学科未来广阔的发展前景，另一方面，深入分析其系统化过程中的成败得失，对于中国创意写作的理论探究、平台建构、人才培养有着无可取代的重要意义。目前国内创意写作学科建构已初见轮廓，在基础理论、教育教学研究、创意写作与产业关系研究等方面已获得一定进展；但是，毋庸讳言，国内创意写作无论是在理论体系综合建构，还是在教育教学实践拓展方面，仍留有相当大的发展空间。

然而，中国创意写作学科的确已经越过最初探讨"写作能不能教"的拓荒阶段，进入高校联盟平台初步形成、学科高地以点带面集群效应产生、集中探讨"创意写作如何才能教好、如何才能切实对接文化产业发展、满足文化事业需求"的爬坡阶段。因此，深入理解创意写作本质、把准学科发展脉搏，成为前沿研究者必须具备的问题意识。

延展阅读

一、推荐书目

1. MCGURL M. The program era：postwar fiction and the rise of creative writing［M］. Cambridge：Harvard University Press，2009.

2. UNESCO ORGANIZATION. Norwich：UNESCO city of literature［R］. 2010.

3. SHANGHAI MUNICIPALITY. Application to join UNESCO's creative cities network as city of deign［R］. 2010.

二、补充阅读

请扫二维码，以进一步了解创意写作发展进程中核心理念的出现及演变。

（一）19 世纪文学教育的困境

（二）文学教育机制的重新建构

（三）文学创作的价值发现

（四）结语：中国创意写作的待解问题

第三节 创意写作全球化传播

我们需要从历史性的动态观察中提出一个疑问，即美国创意写作系统是否是其本国的独特例外？是否具备了其他国家或区域所无法复制的要素？在前文的追述中，我们可以说美国因工业发达的进程率先进入后现代的文化产业经济时期，使得它本身具备领先优势，而其余推动系统建立的要素，并非美国本土所独有，而是对现代社会民主化进程的一个全面反馈。换言之，这样的文学生产体系，有极大趋势先后出现在全球其他国家和区域。文学生产的微景将成为全球化的另一个典型现象。

一、创意写作的欧洲发展模式

在欧洲，英国是最早引进美国创意写作体系而建立起文学生产机制的国家。它充分加入英语写作与传统文学合作的优势，逐渐接纳来自美国创意写作系统毕业的成员，在英国开设创意写作课程，这部分的发展过程就像另一个美国化的过程，一个紧随其后近乎复制的过程。尽管如此，这对于英语文学写作而言，仍是件幸事。最近的一次系统成立，是2012年末小说家珍妮特·温特森（Jeanette Winterson）在曼彻斯特的"新写作中心"开始教授创意写作课程。她在《卫报》（*The Guardian*）撰文宣传自己的教学理念时说："创意写作最疯狂之处在于，我们在'哺育'那些专业的、有竞争性的、均质的作家，他们将继续教授那些专业的、有竞争性的、均质的写作。创意写作最有意思的地方则在于，这朝向创造性和自我表达之路是否真的是某种'占领运动'的开始——

它可以是危险的、冲突的、根本不均质的。"①

谈到英国的文学生产机制，一个历史发展的脉络展现在公众视野里。

1. 率先建立创意写作系统

英国受到美国写作系统生发的影响以及面向英语世界的写作系统，使其具备了快速树立自己声誉的先决条件。随着当代文化产业发展前景日趋明朗，更多的思考随之展开，英国创意写作系统成为与美国创意写作系统并驾齐驱的另一支力量。对于前者，不能不提到英国著名高校东英吉利大学，它不仅是英国创意写作系统的领导者，也培养出了伊恩·麦克尤恩（Ian McEwan）、石黑一雄（Kazuo Ishiguro）、安·恩赖特（Ann Enright）等著名作家。这所建立于 1963 年的年轻大学在 1970 年建立起自己的创意写作系统，创建者是英国作家马尔科姆·布拉德伯里（Malcolm Bradbury）和安格斯·威尔逊（Angus Wilson）。作为美国文学博士，他们极具洞见地引入美国创意写作学科硕士体系，先后邀请著名作家西博尔德（W. G. Sebald）和安杰拉·卡特（Angela Carter）等世界级作家担任课程教师，塞巴尔德教授更是建立英国文学翻译中心，推动英国外国文学翻译作品的交流推广工作。近 40 年的学科发展、机制成长、教师力量以及学生荣誉，共同为东英吉利大学以及英国树立了富有国际文学声誉的当代形象。出于奖励和肯定，该课程在 2011 年获得英国高等教育最高奖——女王周年纪念奖。东英吉利大学的创意写作体系不仅为文学创作本身带来新的格局，更与之后兴起的文学创作力量结合，创生出引领当代文化生产机制的新形态。

当代英国文坛新人迭出，能够吸引文学奖、媒体的关注，以及高校源源不断的人才输入，为整个社会带来了持久的发展活力。20 世纪 90 年代，经过十几年的发展，英国本土开始了对自身独特性的发掘。作为

---

① WINTERSON J. Teaching creative writing ［N/OL］. The Guardian，18 May 2012. http：// www. guardian. co. uk/books/2012/may/18/jeanette-winterson-teaching-creative-writing.

一个文学市场，与美国相比没有那么庞大的区域，因而英国需要从另一个角度思考：文学生产的其他方式是什么？创意写作既然是所有文化的基础材料，那么它是否可以支撑起更大的生产活动？

2. 创意产业的挖潜

英国著名经济学家约翰·霍金斯（John Howkins）是"创意产业之父"，也是一个卓有洞见的预言家。他在 20 世纪 90 年代开始关注以美国为代表的文学生产模式是否是一个终极的当代经济模式。作为经济学家，他充分注意到创意写作在培养学生创造力与外界交流能力的作用，创意写作工坊制更是一项卓越的创造，它让一个团队能够紧密合作，创造更大的文化成果。同时，霍金斯凭借自己在电视、电影及广播业的多年参与经验，提出了一些想法，"现在互联网发展非常迅速，技术经济、知识经济，包括 .COM 公司的发展都像雨后春笋一样。它们的硬件、软件以及技术，都主导了当今的经济。当时我就有一个想法，我主要是在企业方面有非常成功的经验，我认为企业之所以成功是由于个人，是那些有梦想的个人，他们特别有想象力，特别有创意，这样的话他们的企业才能成功，所以我对这样的经济产生了非常浓厚的兴趣。"[①] 在这些想法的不断滚动下，以及对现代社会成熟创意活动的观察，霍金斯提出了自己的正式架构，即"创意产业经济"的模式。

3. 创意写作与创意产业的机制融合

"创意产业经济"模式使得创意写作体系这样的文学生产模式进一步放大，进入到更大的文化生产活动中，与当代新兴商业组织合作，充分进入社会、家庭、个人的多层生活体验中。也就是说，用创意生产与活动整合现代生活。在核心运作方式中，霍金斯如此发挥了创意写作工坊的形式，"创意产业就是由非常小的作坊组成的，比如一两个人或五

---

① 霍金斯. 2006 "新技术与文化·创意产业发展论坛"主题演讲［M/OL］. http：//finance. sina. com. cn/hy/20060524/11052593168. shtml.

六个人的小作坊。即使是那些大名鼎鼎的制作人、导演、作家、舞者、歌手或设计师，其实也都是独立运营的。这些创意人才自身的公司非常小，但他们会与公关、知识产权、酒店、旅游等很多人签订合同，也可能同索尼或迪士尼公司有很多生意往来。所以，在文化创意产业领域，有小作坊，也有索尼这样的大公司，所有地方，无论好莱坞还是上海，都是这样。"①

英国对现代社会创意活动的思考从文学生产走向了文化产业。学科人才与产业联合，开拓了创意写作系统的课程体系，将创意活动策划、创意管理、创业产业理论以及新媒体研究纳入其中，使得创意写作系统更富"创意"地与时代并行。在此后的几年里，全球见证了英国创意产业的激活，在时尚设计、影像、交互式互动软件、音乐、表演艺术、出版业、软件服务、旅游、博物馆、美术馆、遗产和体育等领域贡献出了自己的独特创意经济活动，更重要的是，因其宏大的商业性与合作性特征，完整继承了英国工业革命传统下的现代声誉，吸引了来自全球的年轻人才加入。如果说，美国吸引了科学家和作家的话，那么英国则聚拢了"生活发明家"——年轻人为自己创造生活新方式。

以 2012 年伦敦举办奥运会为例，体育将最终离开伦敦，但伦敦希望自己作为全球创意活力都市的形象留在游客的心中，因此举办了为期 12 周的文化活动策划，涉及 9 000 个场地和 25 000 名表演者，是英国有史以来历时最长、规模最大的文化活动。在泰晤士河的两岸，聚集了无数来自写作、戏剧、互动科技等领域的知名人士，在诗人活动中，每一个参赛国都派出一名诗人，同场竞技，其中有数位是诺贝尔学奖得主。诗坛活动将以"诗雨"揭幕，10 万枚写有诗的书签将会被空投到南岸的银禧花园的人群中。诗人们以各自国家或民族的语言来朗读作品。同时，一个专门成立的网站让全世界观众提名自己最欣赏的诗人，使之成为全球诗歌爱好者参与的盛会。南岸艺术中心艺术总监祖德·凯利表示："今夏伦敦欢迎世界

---

① 霍金斯. 创意活动与创意经济 [N]. 文汇报，2011 - 10 - 06.

的同时，我们期待艺术作为社会变革的代理人，并作为人类灵感的见证。"她还说，这一活动的灵感来自希腊的帕纳索斯山。那里是希腊神话中文学、科学和艺术之神缪斯的家。英国诗人西蒙·阿米蒂奇（Simon Armitage）见到了许多国外朋友，称赞这个活动"让诗歌界能够更加宽容开放，也让大家爱上奥林匹克。"① 对于伦敦而言，举办这样一个富有创意的文学论坛，可谓驾轻就熟，深谙读者心理。

2012 年，对于英国创意写作系统有另一层重大意义，与本土文学创作魅力的有机结合，促使东英吉利大学所在的诺维奇城有了新的规划，一项名为"诺维奇之窗"的国际文学活动项目应运而生。这项活动旨在推动英国国内文化创造能够与国际合作出新关系和新项目，在活动期间，邀请世界各国的文学活动组织者、文学机构与出版代表，与英国作家、翻译者以及文学组织一起展开各项活动讨论。从新型的文学活动策划专家、文化沙龙组织者、推广者到传统的作家、翻译者和出版人，从各自领域出发寻找话题，制造项目。在 2012 年 5 月 10 日，诺维奇正式成为继美国爱荷华城之后的全球第二座"文学之城"。麦克尤恩祝贺道："文学在充满魅力的诺维奇城具有深厚根基，它理所当然是联合国教科文组织的首选。几个世纪以来，作家们都知道，诺维奇是一座梦想的城市。"②

我们看到美国与英国在现代文化生产机制上的独创性与领先意识，无论是在哪个层面，我们都能够观察到创意人才的核心地位，他们在高校教育体系的创新中得到孵化，才能够以创造者的姿态回馈社会，展现新一代年轻人的激情和潜力，从写作走向艺术，从艺术走向活动。

所谓的"全媒体""全产业链"这样词语的背后，仍然暗合了创意

---

① Parnassus P：Global poets set for "massive" gathering ［N/OL］. BBC News，22 June 2012. http：//www. bbc. co. uk/news/entertainment-arts-18493264.

② CARR K. Norwich is England's first UNESCO city of literature ［N/OL］. ［2012 - 05 - 09］. http：//www. writerscentrenorwich. org. uk/Blog-all/hiphipnorwichisenglandsfirstunescocityofliterature. aspx.

写作系统的最初原则：将你所熟悉的材料写成文本，寻找你想要的表达形式。

二、创意写作的亚洲发展模式

在亚洲，创意写作系统广泛传播，进入韩国、新加坡、中国、马来西亚、印度尼西亚等国家。前往美国参与系统学习的毕业生逐渐尝试在华语世界建立起可供开发的创意写作体系，这个努力开始不久，也因本国或地区历史上文学发展的不同经验，产生了合作。

其中，中国香港和台湾地区写作体系的发展过程出现较大的探索与思考，在这样一个资本高度发展的区域，又涉及中华文化的传统因素，西方的创意写作体系该如何演变？

1. 香港：从基础教育到高校

香港这个多年前被称为"文化沙漠"的大都市最近逐渐摆脱了这个尴尬的称呼，建立成功的写作体系这个愿望在教育界有了萌芽，这显然离不开发达的媒体和基金会的支持。然后，出于各种原因，这项建设非常缓慢和抵牾。有意思的是，在 20 世纪末，香港教育界在对美国创意写作系统进行研究之后认为，香港本土市场暂时无法支撑起如此庞大的写作系统，但创意写作课程的核心意义是极为重要的，深刻影响香港未来年轻人的本土意识与创造力。

香港创意写作课程首先以低阶的方式进入中学教育，以慢性培养的方式渗透。自然，中学生的创意写作课程需要教师给予更大的关注，然而对于学生来说，创意写作仍不失为一门有趣的课程，新的教学方法要求教师掌握一系列训练技巧，目的在于让教师彻底激发学生的写作热情和自由无拘束的写作。同时，课程吸取了创意写作体系中联合写作的方式，鼓励学生一起讨论写文章，交流彼此的想法和创造力，这对于传统的中文作文训练而言，不亚于是一个颠覆性的变化，而这样的教学试验下来，的确在培养学生的写作能力以及自主创新方面卓有成效。这进一步激发了香港创意写作体系的确立，从低年龄开始进行潜力开发和创新力培养，或许是赢得未来且适合香港教育的方式。最初创意写作课程的研发是在六所中小学进行，多年的推广之后，已成为香港教育体系中正式教学改革的一部分。

同时，香港也开始在高校层面开设创意写作课程。但鉴于文科改革的推动力不强，结果只略微整合了其他传统相关课程，特别是香港发达的影视专业，包括影视剧本与戏剧创作。例如，香港公开大学的创意写作与电影艺术学士课程便是如此，它同样引入艺术家驻校制度，邀请王家卫与刘以鬯教授。此外如香港大学和香港中文大学开设有创意写作工坊课程，提供创意写作艺术学位，基本按照美国教学机制来实行，尽管缺乏外界支持，但仍作为高校机制的新形式持续运作。

近年来，香港写作体系发展中较为受到关注的是写作营的发展，在这点上台湾也有相同的现象。

2. 台湾：从写作营到高等教育

台湾的写作营依靠教育机构与基金会的支持，逐渐联络一些有助于形成社会引导力的成员，把文学奖、文学杂志以及其他媒体的参与视为重要支持。这其中有亚太地区规模最大的由台湾印刻出版公司发起的"国家文学营"，由基金会赞助、形式最为多样多元、氛围最为开放的是在香港的"笔可能"文学营。可以看到爱荷华国际写作计划为华语创作界带来的影响力，的确，后者融洽、平等、松散的氛围是如此被华语作家们所喜爱，也给他们留下深刻印象。

在文学写作营发展方面，台湾地区有着较好的传统与资源。台湾由于发挥传统文化的热情，在自我体验与内心关照上一向有目共睹，当这样的思维模式与创意写作活动结合时，也就呈现出独具魅力的一面。

台湾的文学营传统可以追溯到 20 世纪 60 年代开始的文学活动，文学营的学员来自台湾各个大专院校，学员对自我的期许和对文学的认识都颇高。1963 年，当时还是高中生的作家季季放弃大专联考，参加"文艺写作研究队"。听课之外写出短篇小说参赛，得了第一名，引起文坛重视，由此改变一生。在文学营中崭露头角后来反哺社会的，还有"复兴文艺营"时期的罗智成、陈义芝、苦苓、刘墉、李利国、白灵、萧萧等。从文艺写作研究队开始，文学营的驻营老师多是来自台湾民间的文学大家，早期有司马中原、朱西甯、余光中、郑愁予等大师。诗人痖弦在1972年夏天刚满40岁的时候，担任"复兴文艺营"营主任。那年授课老师有司马中原、朱西甯、纪弦、洛夫等。作家张大春是在1985年退伍之后到文艺营当小说组导师的。如同现在的许多文艺营一样，复兴文艺营也会分诗歌组、小说组、戏剧组、散文组等组别，只不过组名被冠以古代文学大家的名字。诗歌组叫李白组，散文组叫韩愈组，戏剧组是关汉卿组，小说组叫曹雪芹组。

台湾写作体系的基础并不深厚，近年才逐渐引入高校创意写作课程，暂时处于辅修学位课程以及对社会公开开放的类似兴趣课程的阶段。但另一方面，台湾又形成了自己的独创性，即文化创意产业的兴盛，为台湾的设计人才提供了广阔的市场。从基础层面上看，二者有着相似的体验和生命历程，台湾从传统文化汲吸取的各类自我发掘课程以及心灵修养课程，本可以进入创意写作系统的新教学模式，但由于历史发展的原因，台湾率先发展起了写作营以及文化创意产业，而前者坚持严肃文学创作，后者的人才发展大量集中在美术设计领域，缺乏互助和交流的产业内在，以致其资源优势无法得到最大化的发掘，对文学市场以及台湾文化的对外传播产生一定程度的障碍。

三、大陆高校创意写作的探索尝试

1. 锐意创新的时代背景

应对文化经济时代的到来，应对综合性大学的内部需求，在时代的前奏中完成转型，延续此前对工业金融产业的积极回馈，这是大陆高校体系需要对未来给出的答案，一些敏感地意识到时代发展的契机，大学就像是整个国家产业发展的微型全景，它们清楚谁领先谁落后，每当一个新兴时代出现，高校便施展才能，协调各部分运作，以期实现高素质全优势化的大学理念。

近年来，几所敏感而锐意创新的大学，正在将创意写作学科引入高校，这种引入可以完全归因于高校中文教育改革，它们深知这是个依靠创造性、理念化的文化产业时代，全球创意写作与整体文化产业的发展史已然表明，文艺内容的放大效应与传播能力，在产业的系统运作下，将发挥无可估量的内外效应。不仅如此，高校实行中文教育改革，引入创意写作，为的是丰富开拓中文教育体系，吸纳更多的文学资源，解决文科毕业生就业，配合文化产业发展。进入高校中文专业的学生，也许很少考虑到毕业后的规划，更多的是带着对文学本身的想象与理想进入，他们深知阅读的重要性，深知文学批评有助于理解文学甚至现实，而文学创作学科的建立更有助于达成以文学书写现实、理解现实的目标。在此仍需强调系统化与机制化的配合，唯有打好基础的建立，上层系统才能高效率地运作。

2. 高校创意写作学科发展实绩

创意写作作为新兴学科，已经在国内高校蔚然成风。2010 年 9 月 23 日，复旦大学首批创意写作专业硕士生入学；2011 年 8 月 30 日，上海大学公布创意写作方向学术型硕士招生计划；2012 年 6 月 25 日，广东外语外贸大学率先宣布该校中文学院自当年起招收汉语言文学（创意写作）专业本科生；同年 8 月 24 日，上海大学再次公布"虚构类影视制作""非虚构类影视制作"两个方向的艺术硕士招生计划；2014 年 2 月，北京大学正式宣布招收创意写作专业硕士……

2009 年 4 月成立的上海大学文学与创意写作研究中心，是中国首家致力于创意写作理论研究并将之与创意写作教学、创意产业实践结合的科研单位。"中心以创建中国化现代创意写作学科为目标，致力于欧美现代创意写作学科体系的引进和中国传统写作学的现代化改造，改革中国高校中文教育教学培养机制，组织完成创意写作理论与实践的教材编印、未来高校文科教育的媒体讨论、创意产业活动等实践性的介入推动。"[1] 上海大学的创意写作体系在多层面的搭建过程中已形成独特机制，实现"当代类型小说整体性研究""文学院中国文学创意写作平台""中文系创意写作学科组"三位一体的合理架构。在课程教育中，上海大学文学与创意写作中心开设七种本科课程，聚焦欣赏类阅读文本写作、工具类功能文本写作、生产类创意文本写作三大类的多级写作课程，通过对上海本地优势资源研究和中国未来写作课程的适应，提出为文化创意、影视制作、出版发行、印刷复制、广告、演艺娱乐、文化会展、数字内容和动漫等所有文化产业培养具有原创力的创造性写作人才。[2] 因上海大学在开拓本土创意写作体系方面的独创性与先驱姿态，在 2011 年全球创意教育论坛上，上海大学创意写作系统加入联合国贸发会议（UNCTAD）创意经济网，成为联络成员。

2010 年 9 月，上海复旦大学开始正式面向全国招收戏剧艺术硕士（MFA 创意写作）专业学位人员，基本学习年限为两年。作为全国第一个创意写作学科的专业硕士点，其专业方向分为"小说创作的叙事研究与实践"和"散文与传记创作研究与实践"。复旦大学的创意写作学科系统综合了大量文学创作资源，在中文系本有的文学专业教研师资之外，又与中国作家协会商定，采用联合教学的方式展开合作，聘请中国作协定期来校指导工作、开设课程，拓展教学方式的理论实践对话。

2014 年 12 月，上海大学创意写作博士点获得教育部特批，标志着国内首个创意写作最高学历教育试点落成。这一方面证明大陆创意写作教育经过近十年发展达到了新的高度，另一方面也表明国家对文化创意产业高端人才的迫切需求与培养决心。

---

① 资料介绍来自官网：http：//www.cyxz.shu.edu.cn/Default.aspx。
② 葛红兵，许道军. 中国创意写作学学科建构论纲［J］. 探索与争鸣，2011：6.

3. 创意写作与城市文化的交互共生

作为国内创意写作的先发城市，在延伸的写作计划活动中，上海再次走在前列。由上海作协主导、作家王安忆主持的"上海写作计划"从2008年以来与图书展览会同步进行。这个写作计划源自1983年王安忆参加爱荷华国际写作计划的经历，在一个资源都已准备好的时期引入进中国。与爱荷华的聂华苓女士相似的是，后者是让各国作家互相交流认识，特别是了解美国文坛，前者则旨在吸引全球更多的作家了解中国、书写中国，也许没有人会记得某部具体作品，但大家都明白文学背后的力量。因此活动期间，经过使馆方推荐和上海方筛选的作家们除了参观图书馆、作家故居、城郊风景，还参观了世博会、城乡结合部的民工子弟学校以及普通居民家庭。更多时候，他们以自己的普通住所为圆心随兴游逛，做上海拱廊下的"抒情诗人"。"在上海的日子就像吃力地阅读一本叫'战争与和平'或是'白鲸'一样内容庞大的小说巨著。"英国小说家欧大旭说道。爱尔兰作家、剧作家科纳·克里顿则每天陶醉于淮海路附近的风景，或走进陕西路上的茶馆，包饺子的男人、爬上脏脏的大楼擦窗的人，还有捡垃圾的妇人都或许会出现在她正在写作的以街区清扫工为主角的小说中。"我现在要做的就是坐在房间里——窗下传来动听的富有上海特色的声音——轿车、摩托车、卡车和公交车的喇叭声，交警的哨声，商店开业的鞭炮声。我的窗外就是一首上海交响乐。每天晚上从街区传来音乐声，男男女女在我窗下半明半暗的广场上跳舞。所以很多很多天晚上，我都坐在那儿看我的邻居们跳舞……简单至极，却充满快乐。那过去的九周里，这些景象、这些声音已经成了我在家乡的景象和声音，第一次在很长一段时间里，我快乐，且爱上了写作。"① 最终，他们会聚在一起畅谈当届主题。最近几届主题是"他乡和故乡""你从哪里来""城市与写作""东方和西方的未来"，这很适合上

---

① 魏心宏."上海写作计划"印象［N/OL］.文艺报，2011－03－21. http：//www.chinawriter.com.cn/bk/2011－03－21/51723.html.

海作为国际化移民社会的特征。

从欧美创意写作体系的兴起到文化创意产业的蓬勃繁衍，从中产生的经验与效果对当代中国高校文科发展以及文化产业需求具有借鉴意义，中国的一些高校也已对时代这一新的要求做出了回应。对于这个曾经神秘化的领域，时代已迫不及待地需要进入其中，而随之而来的是无限的可能性。无论是面对国家社会的文化战略还是学生群体的自我体验，作为集教育、学习、研究、文化生产于一体的综合机构，高校都将无可避免地介入其中，并在这一进程中展现自己的优势。

延展阅读

一、推荐书目

1. WINTERSON J. Teaching creative writing [N/OL]. The Guardian. [2012 -05 - 18]. http：//www. guardian. co. uk/books/2012/may/18/jeanette-winterson-teaching-creative-writing.

2. 霍金斯. 创意经济 [M]. 上海：上海三联出版社，2006.

3. 弗里德曼. 文化认同与全球性过程 [M]. 上海：商务印书馆，2003.

二、补充阅读

请扫二维码，以了解创意写作在中国大陆的社会实践尝试及典型案例。

（一）创意写作向公共文化服务方向延伸

（二）创意写作的产业化探索

第二章

创意写作的学科视野、理论基础与教学教法

创意写作是指以写作为样式、以作品为最终成果的一切创造性活动。作为一个历史概念，它最初仅仅是指以文学写作为核心的高校写作教育改革，以"一项在全国高校内开设的小说、诗歌写作课程的校园计划"和"一个招募小说家、诗人从事该学科教育教学的国家体系"形式拉开序幕①，后来泛指包括文学写作在内的一切面向现代文化创意产业以及适应文学民主化、文化多元化、传媒技术的更新换代等多种形式的写作以及相应的写作教育。它在美国的发展中，为应对战后军人战争创伤、黑人教育、移民浪潮、女权运动、多元文化差异、文学类型化、美国梦以及文化创意产业发展等问题发挥了巨大作用，与此同时自身也发展为一门成熟的学科，在欧美、澳大利亚及亚洲等地区推广开来。

创意写作学科创生八十多年以来，在欧美、澳大利亚及日本、韩国、新加坡、香港、台湾等国家和地区迅猛发展，但有个问题如影随形，自20世纪30年代起，每隔一段时间或每在一个新的发展地区，都会以同样的方式提出，引起一波又一波的争论，这个"世纪之问"即："作家是否真的可以培养?""写作是否真的可以教学?"。或者类似于这样妥协性但更具颠覆性的假设，如约翰·弗雷德里克（John T. Frederick）在1933的文章《创意写作在美国校园里的位置》（*The Place of Creative Writing in A-merican School*）指出的那样："它对极少的天才而言是重要的，因此它仅仅是正常课程的装饰，一点粉饰。"

这些问题的长久存在以及被反复提出，究其原因之一在于传统写作教育有其合理性、生命力，但更重要的原因在于创意写作自身的学科建设自一开始就缺乏必要的理论准备，在学科视野、理论建设及教学教法方面缺乏系统的研究，导致学科视阈十分模糊，如格雷戈里·莱特（Gregory Light）所描述的那样："虽然创意写作作为正式的学科

---

① MYERS D G. The elephants teach［M］. Chicago：University of Chicago Press，2006：Preface（xi）.

在英国和美国等发展了很长时间，但其自身的学科视阈限却仍未完全设定。"① 他在文中引用英国作家、东英吉利大学创意写作学科创建人之一马尔科姆·布拉德伯里关于创意写作发展过程特点的表述："在创意写作繁荣的过程中，却有一个奇怪的特点……它只产生过很少的自我分析或理论出版。"② 而对创意写作的研究、认知也需要综合的考量，罗伯特·斯滕伯格（Robert Sternberg）在为由斯科特·巴里·考夫曼（Scott Barry Kaufman）和詹姆斯·考夫曼（James C. Kaufman）编写的由剑桥大学出版社出版的创意写作研究经典著作《创意写作心理学》（*The Psychology of Creative Writing*）中指出："创意写作研究是跨学科的，涉及认知、社会、个性、心理学、生理等方面……"③ 与此同时，创意写作活动本身也具有自身的独特性，正如黛安娜·唐纳利（Dianne Donnelly）判断的那样："创意写作一直是这样的一个领域，它避开了学识问题。"④

因此，创意写作是一个怎样的学科？它关心和要解决的是什么问题？写作为什么可以教学？作家为什么可以被培养？以及如何在技术上培养？这些根本的问题关系到创意写作学科的根基与体系。

---

①② LIGHT G. From the personal to the public: conceptions of creative writing [J]. Higher Education，43：259.

③ STERNBERG R. Foreword, the psychology of creative writing [M]. ed. Kaufman S B, Kaufman J C. 1 edition. [S. l.] Cambridge University Press 2009：Ⅺ.

④ DONNELLY D. Establishing creative writing studies as an academic discipline [M]. Proquest: Umi Dissertation Publishing, 2011：1.

第一节 创意写作的学科视野

关于何谓创意写作和创意写作的学科培养目标，历史上存在两种不尽相同的观点。一种观点认为：创意写作是一切"以创意为特点的写作类型""是学生们用他们找到的最合适的方式表现他们的所思所感"，而创意写作主要培养"写作技能""创造力""创造性智慧""积极性""自我探索"等，作家就是"有创作能力的人"。另一种观点认为：创意写作就是文学写作，美国战后文学的一部分；它主要培养文学作家。创意写作虽是高校（英语）文学的"革命者"，但"大学以及英语系是文学最大的庇护人"。这两种观点在今天仍然有自己的拥护者和实践者，形成了创意写作学科多元发展的局面。然而，虽然创意写作在学科地位及培育目标上存在着不同的内部分歧，并且在不同的历史时期、国家地区有着不同的特色，但是与传统写作相比，它有自己的独特视野。

第一，创意可以激发，写作可以教学，因而作家可以培养；相对于"写作技巧"，"创意能力"更加重要。创意写作不仅仅围绕"写作"活动本身，"沿着创作规律"展开写作主体学和写作心理学研究，还更多地把重点延伸至"创意"，"沿着创意规律"这条更上游的主线来进行"创意心理"及"创意活动"研究，不把精力重点放在讲授"文章技巧"的文章学上，更着重突出创意活动规律，用创意规律来统领创作规律。

第二，写作不仅可以研讨、交流、教学，而且更需要教学；作家不仅可以通过创意写作教育培养，而且在当代条件下，更需要创意写作教育的培养。杰里·克利弗（Jerry Cleaver）说："职业作家就是由没有轻言放弃的业余作者演变而来的，不放弃是关键之所在。另外一个同样重要的因素是写作指导。""技艺是关键，可是你不能通过自学成才掌握这些技艺。"他打比方说："究竟有几个职业运动员是自学成才，既没有参加过任何训练营，也没有参加过任何集训班的呢？又有几个球队是没有教练员的呢？答案是没有。"①

文学经过口头时代、纸面时代的发展，其创作规约和技巧已经无比丰富，超越了绝大多数人可以无师自通的能力范围，没有相对专业的训练，要想成为作家已经变得非常困难，而时代主流艺术形式的新变化，更要求我们建构现代意义上的创意写作学，使得这种写作技能可以通过有效手段得以培养。美国的文学发展经验告诉我们，科学有效的创意写作学训练可以培养作家、繁荣创作。谁也不能否认 20 世纪 30 年代以来美国文学在世界文学格局中的领先地位及成就，而这个成就与创意写作学科在美国高校的发展息息相关。在今天的美国，我们很难找到一个没有受过创意写作训练的"作家"，美国战后普利策奖获奖人多数出身于创意写作训练班。美国当代知名作家几乎都有创意写作学位，许多作家甚至受聘于大学，执教创意写作专业，我们所熟悉的白先勇、严歌苓、闾丘露薇等都曾系统学习过创意写作，著名作家哈金也在作家工作室教授创意写作。

第三，创意写作包括传统意义上的文学写作，文学写作是创意写作非常重要的组成部分，从创意写作学科发展史的角度看，最初的创意写作课程就是诗歌写作，但是创意写作不等同于文学写作。现在我们所说的创意写作其实包括三个方面的内容：第一类是"欣赏类阅读文本写作"，也就是传统纯文学范畴的文学写作，包括故事、小说、诗歌、随

---

① 克利弗. 小说写作教程——虚构文学速成全攻略［M］. 北京：中国人民大学出版社，2011：1.

笔、游记、传记等。从现代文化工业的角度来看，它们是文化工业和文学消费的终端产品（当然几乎都具有向其他艺术形式转化的可能），但创意写作还包括非文学，或与文学相关，但本身又不是文学形式的有创造性的写作。第二类是"生产类创意文本写作"，这类创作文本本身不作为阅读欣赏的终端产品，不是作为艺术欣赏消费的直接对象，而是创意活动的文字体现，对应着创意活动的各个环节，其功能主要是为了生产新的创意文本与创意活动，具有再生产性，如包括出版提案、剧本出售提案、活动策划案等，我们也把用于排演、拍摄的剧本纳入生产类创意文本。第三类是"工具类功能文本写作"，这类写作文本与中国高校传统应用写作、公文写作的对象基本重合，它们作为信息传达工具而存在，其价值体现于文本信息的沟通、交流、传达，不以欣赏性作为创作目的。

第四，写作本质上是一种交流、沟通、说服活动，以文本为媒介，牵连写作者和接受者两头，实现人与人之间的交流、沟通和利益、观念的碰撞以及妥协。应用写作研究专家吴仁援说，公文在表面上是文字与文字打交道，实质上是人与人的交流，公文写作始终要有一个对象化思维。即使是个人性很强的欣赏类阅读作品，同样也不可能不考虑接受者的需要，其个性和风格是建立在有效的交流、沟通和说服基础之上。生产类创意文本写作更是如此，一份好的生产类创意文本首先是能够自我推销、求取接受对象认同的文本。强烈的读者意识、市场接受观以及相应的沟通、说服能力，是创意写作取得成功的来源。因此，创意写作非常重视读者/市场接受的研究。

中国创意写作学科的创建，要有"文化创意产业"发展的意识，具备产业头脑。直到今天，我们依然对美苏二战之后实力的对比消长充满误解。事实上，美国完胜苏联靠的不是军事和政治。美国在军事和政治上从来没有真正打过胜仗，美国的胜利靠的是文化：冷战开始时，美苏文化产业几乎在同一起跑线上，而冷战结束时，美国文化创意产业在美国 GDP 占比约 20%，经过半个世纪的冷战，美国文化创意产业已发展成占比第一的支柱产业，同时美国也成为世界第一大文化产业出口国，出口占比超过军工和一般制造业，美国的强大奠基于文化及其产业化发展。与美国相比，我国文化创意产业目前占GDP约5%，极度落后于美国（但相比美国，我们至少还有四倍的空间）。在未来的中美较量中，我们不能重蹈苏联只重视军事和工业而最终失败的覆辙，我们一定要认识到未来的中美较量是文化创意产业的较量。谁在文化上占据了先机，谁就能真正在"观念"上影响世界，就可能在竞争中获胜，成为真正的世界强国。我们文化创意产业的落后最主要是高校文学艺术教育落后所致，发展文化创意产业需要强大的文学艺术教育学科，但我们缺乏这个学科引擎。

因而，创意写作不同于传统写作的学科视野，决定了它特定的学科培养目标：创意写作不仅培养传统意义上的文学作家，还更多地着力于为整个文化产业发展培养具有创造能力的核心从业人才，为文化创意、影视制作、出版发行、印刷复制、广告、演艺娱乐、文化会展、数字内容和动漫等所有文化产业提供具有原创力的创造性写作从业人员。

延展阅读

一、推荐书目

1. MYERS D G. The elephants teach［M］. New edition. Chicago：University of Chicago Press，2006.

2. DONNELLY D. Establishing creative writing studies as an academic discipline［M］. Proquest：Umi Dissertation Publishing，2011.

3. DAWSON P. Creative writing and new humanities［M］. Routledge，2005.

4. 麦克格尔. 创意写作的兴起：战后美国文学的"系统时代"［M］. 葛红兵，郑周明，朱喆，译. 桂林：广西师范大学出版社，2012.

二、补充阅读

请扫二维码，以进一步了解创意写作在理念、思路、培养目标等方面与传统写作的区别。

（一）上海大学创意写作学科培养目标

（二）中国创意写作学科建构设想

第二节　创意写作的理论基础

创意写作揭开了写作神秘的面纱，在写作民主化、生活化及个人化的基础上，将创意与写作的权利交还给每一个人，实现"创意写作为人民，创意写作从人民"，极大解放了创意与写作的生产力、积极性。创意写作为何可以教学？作家为何可以培养？这是产生自实践的经验问题，同时又是实现创意写作根本目标的理论问题。"自我挖掘""对象化思维"与"文类成规"是创意写作的三个理论基础。"自我挖掘"强调创意写作从个人出发，并回归个人，揭示了创意写作活动的原动力与目标，"对象化思维"强调创意写作主体与客体建立在服务与自我实现基础上的平等、民主关系；"文类成规"从规律、普遍性的角度出发，保证了创意写作在技巧与操作性方面可以习得、可以教学。

一、自我挖掘

创意写作是为了发现自我、形成自我与表达自我，而不是颠覆自我、成为别人。在全球化、现代化和多元化的今天，写作的自我挖掘、形成自我的努力反而更有保护文化多样化发展、提供现代化进程替代性方案、应对人类共同问题的异质智慧的意义。

创意写作首重创意，创意来自哪里？创意其实来自自己，来自自己的"心思"。赖声川认为，创意的源泉来自自己，"没有任何元素是'空降'到我体内的。而如果这些元素没有储藏在我脑中，催化剂也不可能催化出这样的反应。"① 个人心思的实现与外显需要赋予它一个形式，创

① 赖声川. 赖声川的创意学［M］. 北京：中信出版社，2006：42.

意写作其实就是给心思讲一个故事，赋予一个形式。心思的形式多种多样，从表现材料上看，包括文字、声音（音乐）、线条（绘画）、形体（舞蹈）、砖木（建筑）等，创意写作就是赋予写作一个文字形式。"自我"不仅包括个人意义上的现实诉求、历史及未来想象，还包括家族、地方、种族、性别、文化、宗教、祖国甚至人类全体等各个具体的利益单位的共同意愿。讲述祖先们的故事、种族的神话，关于国家的历史，为统治阶级或者意识形态辩护、掩饰，为某个名牌量身定做的传奇，等等，都是个人心思的延展。

　　写作总是从自己出发，然而个人的经历与生活总是有限的，创作如何跟更广大的外部生活、人类集体发生深刻的联系，触及并探索它们？"生活中一个令人悲哀的真理是，在现世这条泪河中，我们真正了解的只有一个人，那就是我们自己。我们从根本上而言是永远孤独的。"① 罗伯特·麦基（Robert Mckee）提出了问题，也提供了解决问题的线索。他认为，尽管人们具有年龄、性别、背景和文化的显著区别，尽管人与人之间存在着这样或那样的明显不同，但我们的相同之处远远大于我们的不同之处，共享着同样不可或缺的人生体验。我们每一个人都有喜怒哀乐，都有希望和梦想，都想让自己的人生具有价值。大街上的每一个人，尽管有其各自不同的方式，但是他们都具有和我们一样的基本的人类思想和感情。因此，在写作的时候，我们尽可诚实，忠实于对自己的考察，对自己人性的神秘之处观察得越深，对自己的了解就会越多，从而也就越能了解别人。他说："写作优秀人物的基础是自知"②；安东·契诃夫也说过类似的话，"我所学到的有关人性的一切都是从我自己这儿学来的。"

　　弗洛伊德精神分析理论揭示了创作与个人内部源泉的秘密。他认为文学故事其实就是作家自己的白日梦。文学就是潜意识的改头换面，心

---

　　①②　麦基．故事——材质、结构、风格和银幕剧作的原理［M］．北京：中国电影出版社，2001：454.

思的文字形式，以虚拟的形式实现自己的心思。荣格、拉康等发展了弗洛伊德的个人无意识理论，发现了掩藏在个人意识黑暗深处的集体无意识。赖声川在精神分析学说和佛学理论的基础上指出："所以说，我们每一个人内心深处似乎都有一个个人创意源泉。同时存在一种更广大、超越个人、属于全人类的共同源泉，里面储存着各种原始、深奥的集体智慧。这个庞大源泉或许在我们体内，或许我们通过一种渠道可以连接到它。"① 从意识到潜意识，再到集体无意识，极大扩展了人类意识的空间。虽然这个空间一直都存在，然而却处于不自觉状态，人类的创意与创作或许频频受益于它，但是却一直不明就里，逐渐将其神秘化。

　　然而，发现与承认写作来自自己的心思、意识乃至无意识，对于创意写作是不够的，我们不仅要学会正确对待它们，还要学会控制它们，为写作所用。多萝西娅·布兰德（Dorothea Brande）指出，"天才的根源是无意识，而不是意识。"② 因而仅仅知晓无意识的存在是不够的，若想成为作家，"第一步就是要约束你的无意识，让它为你的写作服务。"③ 她在《成为作家》一书中详细剖析了培养作家气质、控制与利用无意识的图景与方法。赖声川以其"创意金字塔"图表详细剖析了创意的来源、创意的本质与创意的机制，来说明创意是可能学、可能教的，而且每个人都具有可能被激发的潜在创意能力。创意途径是：金字塔上方要从底部吸取源泉的养分，中间还有许多考验和障碍。创意学习的主要内容就是在清理金字塔内部，打通上下，让创意在金字塔内顺畅地流通。

二、对象化思维

　　创意来自需要，没有需要的创意是零创意、伪创意。不了解接受者的需要而盲目创意，这样的创意是无效的，这样的写作同样无效。创意

---

① 赖声川. 赖声川的创意学 ［M］. 北京：中信出版社，2006：12.
② 布兰德. 成为作家 ［M］. 北京：中国人民大学出版社，2011：118.
③ 同②45.

的正确标杆是"利他"而不是"利我"，那些优秀的创意，都是创造性地解决了人类（他人）的普遍问题，从各自（个人、地方）的角度给予创造性解答。李欣频曾说，创意就是提供一个更好的世界图景、一种更好的生活，创意就是创世。[①] 因此，有效的创意写作能够找到正确的接受者并尊重接受者的创造性活动，尝试找到更好的沟通渠道与形式，而不是盲目地写作或狂妄地写作。

1. 艺术民主

创意写作要尊重艺术民主。在当今世界，你不可能要求所有人都拥有相同的艺术趣味，接受同一个艺术样式，哪怕它在艺术成就上达到相当高的水准。在创意写作视野里，不存在艺术趣味和审美取向的等级，阳春白雪是好的，下里巴人也应自行其道。苏珊大妈、甜菜大妈的胜利并不意味着低俗艺术战胜了高雅艺术，更不代表高雅艺术、知识分子趣味的没落，而是说明，艺术民主的时代已经真正来临。实际上，我们将艺术分为高雅与低俗本身就是有问题的，高雅与低俗是相对的、历史性的认识，它们之间的互动、转化已经屡见不鲜。传统工具类功能文本写作一般被当作"应用写作"对待，学习、研究与教学的主要问题集中在"格式"上面，但创意写作学科视阈下的工具类功能文本写作除了要解决"什么是应用写作"这个本体论之外，还要着重解决"谁在写作""想写什么""写了什么""谁在看"等主体论、客体论、载体论和受体论四个问题。作为"工具"，实现其工具性的关键恰恰不在主体而在受体，离开了受体，所有的写作都是无效的写作。正是在研究受体的各个方面时，比如阅读水平、受体的阅读范围、主体受体的关系以及受体的共同需求，才开始选择写作客体和写作载体，进行有效的沟通和交流。受体需求、活动预期等也都是创意写作的假想敌，离开了这些前期目的的考量，创意写作只能是撞大运，可以说，创意写作其实是戴着镣铐

---

① 李欣频．十四堂人生创意课Ⅱ——推翻李欣频的创意学［M］．南宁：广西科学技术出版社，2009：146－149.

跳舞。

2. 期待视野

期待视野是德国接受美学的重要范畴，指接受者由先在的人生经验和审美经验转化而来的关于艺术作品形式和内容的定向性心理结构图式，包括文体期待、意象期待、意蕴期待三个层次。从接受心理层面说，期待视野包括创新期待和守旧期待两个方面。前者指接受者总喜欢在作品中看到超出自己过往审美经验的部分，获取新的审美感受。后者指接受者在接受过程中总是受到接受惯性的制约，希望在自己选定的作品中获取特定的审美需求，并且希望在能够理解的前提下去接受。完全创新的作品读者是没法接受的，也不理解。但是接受者的期待视野不是一成不变的。每一次新的艺术鉴赏实践，都要受到原有的期待视野的制约，然而同时又都在修正拓宽期待视野，因为任何一部优秀的艺术作品都具有审美创造的个性和新意，都会为接受者提供新的不同于以往的审美经验，因而期待视野的形成总是在一个螺旋式上升或循环往复的过程中进行。

对于那些把"创意"等同于"创新"，把创意视为作家纯个人性、完全创新的事物的人来说，他首先得解决创意写作期待视野中的"求旧"问题。不理会受众的阅读需求的看法是非常过时甚至迂腐的。罗伯特·麦基说，成熟的艺术家决不会故意引人注意，明智的艺术家决不会纯粹为了打破常规而行事。创意的所有技术问题，都是首先如何尊重读者的阅读习惯、阅读定式、阅读惯性的问题，而不是无视这些，就如同一个室内装潢设计师需要了解房主的要求，电影公司在一部电影投拍之前要了解这部电影的预想观众群，了解他们的需求、习惯一样。无视受众的创作者是注定要失败的创作者，也注定不会得到受众的认可——历史不会专门打捞那些被受众抛弃的创造者。

3. 读者意识

有些作家声称，创作不是为了交流而仅仅是为了表达，这种话不可信。这些作家也有潜在读者，只不过是大刊物的编辑、研究者、批评家，在某种意义上他们不是不需要读者，而是不需要普通读者，不是没有功利目的，而是功利目的更强，因为他们的作品要越过普通读者的检阅，直接进入"文学史""艺术史"。藐视读者的作家，其实都有一种强烈的"上帝"意识。他们不相信读者，也不愿意承认读者与他们的平等地位。他们认为，所有的读者都在等待他们的启蒙、等待他们的拯救。实际上，他们并不是上帝。如果考虑到生产类创意文本与功能类工具文本的写作，这种话更加荒谬。

创意写作要找准自己的读者，知道自己在向谁说话、向谁写作。找准了自己的读者和听众，才会根据读者和听众的条件和需求，针对他们进行有效的创作。文学史上，找准自己读者群的作家总是能够取得成功，比如 20 世纪初以《礼拜六》为核心的鸳鸯蝴蝶派，三四十年代的张爱玲、徐訏、赵树理等人。跟新中国成立初期几十年相比，一本刊物、一部作品满足所有读者阅读需要的时代结束了。社会分工进一步发展，人们的审美趣味也逐渐在细化、类型化，不同的人群开始有不同的阅读需求，那些试图强行规训读者趣味的行为被证明是行不通的。

三、文类成规

"成规"概念来自社会学，戴维·K. 刘易斯这样定义成规：当全体居民中的成员面对一种经常性发生的情形时，在这些成员的行为中所表现出的一致性就是一种成规。我们可以这样概括社会成规的内在运作机制：过去有效的在未来也有效，过去人们处理某种事物的时候表现出的一致性生产出了未来的一致性，一致性生产一致性，一致性使自己不断自我复制和生存。对成规的理解、获得和遵循是一个人得到集体意义和价值的前提性活动，它让人在面对多种选择的时候，首选成规项，因为这是具有集体感、能获得集体认同的方式。成规事关价值认同，事关人类集体意义世界的相互通约。

社会学领域的成规是大众趋同并且后来者认同这种趋同的结果，创意写作也是社会性活动，也遵循一般社会性行为特征，表现在具体的创作活动中，它要遵循种种文类成规，在接受对象可以理解和写作主体有所依凭的基础上展开写作。文类成规包括文体成规和类型成规两个方面，二者有所区分，但也有交集。类型成规在具体文体中存在，文体成规包括不同的具体类型成规。

1. 文体成规

文体成规指创意作品的结构、形式、功能、语体语貌、价值指向等在历史发展中所形成的惯例，一般情况下表现为"体裁"特征。文体成规是在长期的写作实践中由读者与作者共同创造完成，并在相当长时间内共同遵守的契约，同时，它也是在与其他相邻文体比较中自觉选择的应用与审美功能，形成特有的外在的形式约束性和可辨识性。对于作者而言，他选择了一个文体类型，意味着选择了一系列的限定。从大处说，"欣赏类阅读文本"与"生产类阅读文本""工具类功能文本"在文体上有所不同；从小处说，"诗言志""歌咏情""小说讲故事"等，这是在审美功用上的区分。以"故事"为例，这个文体经历了口头"讲"故事、纸媒"写"故事与戏剧/影视"演"故事阶段，由于"创作"与"接受"活动的改变，其文体成规也发生了相应变化，用于口头讲述的"讲话"/"评书"和用于阅读的"小说"再到用于表演的"剧本"，其文体在文面、结构、内容、语言等各个方面有着不同的限定。

2. 类型成规

类型是在某个文体类型中一组具有一定历史，形成一定规模，通常呈现出较为独特的审美风貌并能够产生某种相对稳定的阅读期待和审美反应的作品集合体，比如"小说类型"之于"欣赏类阅读文体"。在一定文体系统中，它一方面包含了对自身某种传统的认同，也包含了对其他作品集合体相异性的确认。支撑某个文体类型生成及发展的根本动力是"类型成规"的蘖生、定型和瓦解。类型不是缺乏创意、幼稚、模仿的结果，恰恰相反，它是某一艺术类型发展到成熟阶段，具备区别于其他艺术样式，具有稳定艺术特征的产物。就审美而言，类型有着自己的艺术规范和魅力；就认识论而言，类型有认识世界的特定视角和模式；就价值论而言，类型有着相应的精神诉求，审美地承当了人类价值域的某一隅。

成规具有约束性，一切类型的写作都是建立在各自的类型成规基础之上，不可避免地对写作形成约束与规范。但同时成规也具有生成性，在表面千变万化的形式下面，隐藏着一种具有文化、心理与审美诸方面功能深层的结构，正是这个深层结构，促使我们的创作既有稳定性、向心性，也有开放性、创新性。对于创作学习者来说，从发现语言表层的结构模式入手到深层结构的递进理解，然后在理解的基础上进行创造性模仿是一条创作的捷径。

3. 从成规上路

作为前人留下的既有规则、方法，文类成规实际上有两个属性：一是给后来人提供现成的规范和模板，使得后来者能尽快进入和适应，熟悉"成规"、效仿"成规"是后来者学习的最有效途径。二是为后来的写作者提供了创新的指向、目标，没有成熟、可把捉的具体成规要素，我们不知道创新从何开始。没有成规，我们连创作都无法开始；不了解成规，我们无法真正创新。实际上我们的创作都是对某个既定成规的暗中遵循或有意违反，如什克洛夫斯基所说，任何一般的艺术作品都是作为与某个样板的相似和相反的东西创造出来的，也就是说，创新是对它之前的包括创作模式、创作框架在内的成规的陌生化，新形式的出现不是为了表达新的内容，而是为了取代已失去自身的艺术性的旧形式。

延展阅读

一、推荐书目

1. 赫弗伦. 作家创意手册［M］. 雷勇，谢彩，译. 北京：中国人民大学出版社，2015.

2. 赖声川 . 赖声川的创意学［M］. 北京：中信出版社，2006.

3. 葛红兵 . 小说类型学的基本理论问题［M］. 上海：上海大学出版社，2012.

二、补充阅读

请扫二维码，以进一步了解创意写作原理与技巧。

（一）创意激发与思维训练

（二）疯狂写作练习

（三）类型成规理论与类型化写作：以故事创意设计为例

第三节　创意写作教学教法

多萝西娅·布兰德说，作家确实存在一种神奇的魔力，而且这种魔力可以传授。[①] 这种说法是有根据的，创意写作在海外的发展经验告诉我们，科学有效的写作教学与训练，可以培养作家、繁荣创作。20 世纪30 年代以来美国文学在世界文学格局中的领先地位以及美国创意文化产业的发达，莫不与创意写作学科在美国高校的发展、创意写作课程和训练的科学开展息息相关。[②]

一、过程教学法

过程教学法（writing process）的兴起主要是针对双语写作（second language composition）传统控制写作法和现时传统修辞法的弊端，后来因其与欧美高校或各种形式的创意写作课程的教育理念不谋而合，并与各种形式的工作坊相得益彰，最终被广泛采用。

过程教学法认为，创意写作是一种群体间的交际活动，而不仅是写作者的个别行为；同时创意写作也不是简单的语言、段落、篇章以及技巧、修辞的组合，而是包含着创意、构思、写作及反复修改的全部过程。因此，过程教学法对应着写作的全过程、全方位，建立在对"过程写作法"的充分理解和操控之上。过程写作法一般分构思、打草稿、修

---

① 布兰德. 成为作家 [M]. 刁克利，译注. 北京：中国人民大学出版社，2011：5.
② MCGURL M. The program era：postwar fiction and the rise of creative writing [M]. Cambridge：Harvard University Press，2011.

改、校订和发表五个阶段。所谓"构思"就是写作前的集体创意、写作的准备，主要解决创作意图问题，关键环节在于以集体讨论开创思路，以问题引导激活思维。"打草稿"主要任务是解决主题创意，而不拘泥于具体的语法和修辞。"修改"即是根据同伴或教师的反馈，修改自己的初稿；"发表"即是在班上或小组内朗读或传阅彼此的作文定稿。

过程教学法的优点是，将创意写作的教学从传统偏重下游环节的篇章结构、语法修辞拓展至全程，尤其是延伸到写作的上游——"创意"阶段，解决创意写作中"创意"的产生、成型及修正问题。在揭开"创意"与"写作"神秘面纱的同时，还打破了创意与写作的孤立状态，使创意写作教育教学进入"集体创意""集体写作"和"集体修改"层面，从操作环节实现"创意可以习得""写作可以教学"的理念。过程教学法对于学生而言是相互合作、相互鼓励、多向反馈、思维碰撞的过程，对于教师而言是对创意写作活动主体性的让渡和过程的管理。实践证明，过程教学法有助于活跃写作课堂气氛、发展学生的创意思维、掌控写作的全过程，从而提高写作积极性和写作能力。

二、创意写作工作坊

创意写作工作坊是以创意写作实践或创意写作教育、研讨等相关工作为导向，由若干参与者组合而成的活动组织。由于它是一个由作家领衔的组织或者是作家自身组建的"群体"（group）[1] 或"团体"（community）[2]，因此这些工作坊的命名大多与"写作"和"作家"相关，有时候被称为"写作工作坊"，更多的时候被称为"作家工作坊"。创意写作工作坊既可以是维护作家权益、交流写作技巧、筹谋写作活动的作家组织，也可以是以创意写作为形式的社区服务组织，同时它还可以是更

---

① SELLERS H. The practice of creative writing—a guide for students ［M］. Heather Sellers Hope College，Bedford/St. Martin's Boston New York，2008：29.

② DANA R. A community of writers—Paul Engle and the Iowa Writers' Workshop ［M］. Edited by Dana R. Iowa：University of Iowa Press，1999.

"小一级"的教学单位，相当于"班级""课程"。不同创意写作工作坊、课程工作坊以及进阶学位等，包括入学、选课、培训、提高、认证各个环节的体系构成了创意写作系统。在这些不同类型的工作坊活动中，创意写作教学、培养作家是常见的内容，尤其是在高校创意写作工作坊活动中。在一百多年的工作坊教学中，创意写作工作坊最终发展出了一种有别于传统的写作教育理念和教育方法的现代教学模式，甚至在某些时候，这个教学模式会以该工作坊直接命名，表示它们在工作坊教学方法改进方面所做的特别贡献，比如"克拉里恩方法"（Clarion Method）、"故事工作坊方法"（Story Workshop Method）等。

创意写作工作坊一般以一位在某个领域富有经验的主讲人为核心，配以 1～2 名助教，以 10～20 人的小团体在该主讲人的指导之下，通过活动、讨论、短讲等多种方式，共同探讨某个话题，展开创意和写作。10～20 人的单位又可以根据兴趣、写作任务或者文体文类划分，进一步细分为多个二级单位，6 人或 3 人为一个小组，结为"戏水伙伴"。超过20 人的班级，则可根据实际情况配置更多的助教，划分更多的小组。在工作坊中，学生与老师组成合作团体，每个学生在课上展示自己的作品，然后由其他人提出优点、缺点、称赞、批评、修改意见，既尊重学生的写作创意和个性，又尊重创意写作规律，教学与讨论相结合。工作坊形式比较灵活，可以走出教室，采取田野采风、写作（夏令、冬令）营、户外活动、实地观察等多种形式。它没有严格的空间限制，也没有严格的时间约束，师生可以建立多种形式的联系方式，比如建立网上讨论群组、网页、论坛、博客、纸面或电子刊物，随时在课堂外交流沟通、分享，及时了解和掌控教学的进度。课堂教学可以围绕教学计划展开，根据写作的规律逐渐推进教学，也可以由项目或活动带动，全体成员都参与其中。后者既是教学，也是写作。

研讨会是创意写作课程的又一重要组织形式，它为创意写作活动某一专题在一集中场合做主题性讨论、研究、交流而召开。与创意写作工作坊相比，其规模更大，主题更集中，形式更正规，学术色彩也更浓厚。

在规模上，研讨会邀请工作坊之外的相关专家、作家、行业人士做主题发言，参加人数最多可达200人，一般控制在20～50人，少于50人的研讨会一般采用圆桌会议形式。在主题上，研讨会就某个具体问题展开讨论，参与成员可以从不同角度发表意见，展开交流与交锋。研讨会安排持不同观点的参与者演讲发言，通常安排有多个参与者演讲发言。为保证交流效果，每场演讲发言的时间设定为15分钟左右。专家发言后，相关点评人员负责对上一发言内容做归纳、提炼、点评。专家发言之后，安排有讨论时间，专家与专家、一般参与成员甚至旁听人员可以就某一发言展开讨论、提问。在形式上，研讨会一般由工作人员、与会人员和主持人组成。工作人员负责场地安排、会务服务、活动宣传、采访报道、会议材料整理等工作，与会人员主要由专家、工作坊成员和主持人组成，一般有旁听人员参加，主持人负责会议的组织、会议的进程、问题的提出、话题的衔接转换、发言的安排等。研讨会对主持人要求比较高，除了对研讨内容具有相当的权威和号召力之外，语言表达能力、活动组织能力、应急应变能力以及人际交往的亲和力都是决定会议成功与否的重要因素。研讨会对场地也有一定要求，通常需要在正式的会议室举行，会场应提供投影仪、音响、话筒、白板等演讲所需的设施，在3个小时以上的研讨会上，还需要安排会间休息，俗称茶歇或茶点时间。对于创意写作课程而言，研讨会提供了一个高端、前沿的学习机会，学生可以与相关专家展开面对面的讨论，也可以就自己的问题或作品请教相关作家、专家。如果说工作坊、同伴反应小组促进具体的写作，那么研讨会则有助于提高对写作理论的认识。

三、系统训练

传统写作重知识传授，轻写作训练，写作训练又偏技巧、章法、文体、修辞，整体上零散、割裂、随意，不成系统。创意写作教育教学不能走传统的老路，其教育教学方法要建立在创作障碍突破、创作潜能激发、创意思维训练、创作技能拓展等系统的训练基础之上，得到系统的训练支撑。

1. 突破作家障碍

所谓"作家障碍"（writer's block），也叫"写作障碍"，是指不能用文字表达自己意思的现象。形成作家障碍有多种原因，也有多种表现形式。就原因来讲，有心理原因、技巧原因、习惯原因、时间原因等，就表现形式来说，有找不到恰当的词语、无法组织素材、难以开头、拘泥于一种文体、不能流畅地写作等。无论是什么原因和何种表现形式，都会对写作产生影响，最严重的表现形式是彻底丧失写作能力。但是在所有的障碍当中，最为有害的是心理原因，即相信"作家是天生的，而不是后天培养的"。这个写作问题其实带有普遍性，即使在创意写作学科创建八十余年的美国，创意写作课堂同样存在这样的问题。因此，在创意写作工作坊里，专门开设有"突破作家障碍"课程，把创意写作心理问题突出到专门课程的高度。①

创意写作课程不是学习写作，本身就是写作，这是突破作家障碍的首要信念。创意写作的目的是通过自己的活动，创生一个全新的世界，这个世界又是建立在自己的心思之上。有"心思"就有创意，会说话就会写作，给"心思"讲一个故事、赋予一个形式就是创意写作。"心思"的系统形式是世界观，最高标杆是创生新世界。没有目的的写作是盲目的写作，没有世界观支撑的写作不可持续，不为创生一个新世界的写作是徒劳的写作。创意是一种思考、建构世界的方法，是觉醒、敏锐、突变出来的，并非素材与规模累积而成。在创意写作思维里，现实世界永远不完美，创意写作的目的就是重建一个全新的世界。

_____

① GOTHAM WRITERS' WORKSHOP FACULTY. Writing fiction：the practical guide from New York's acclaimed creative writing school ［M/OL］. Bloomsbury，2003. http：// www. writingclasses. com/CourseDescriptionPages/GenrePages. php/ClassGenreCode/CR.

2. 思维训练

思维训练（顺向、逆向，广度、深度等）锻炼写作的敏捷性、创造性、原生性，它们在结果上不可预料，但是在具体训练上有着指向性，并非天马行空、随心所欲。思维训练的指向有二：一是向外，重新处理自我与世界、社会、他人之间的关系；一是向内，重新处理自我与智慧、经验、习性、偏好的关系。无论是向内还是向外的思维训练，都不可脱离时间（过去、现在、未来、永恒）与空间维度（地方、世界、未知、宇宙），脱离了时间与空间维度的思维是井底之蛙、檐下之雀，鼠目寸光。赖声川的创意金字塔模式有助于认识创意思维活动，为"头脑风暴""脑力激荡"活动起到理论指导作用，但它只是思维训练方法的一种，不能取代其他思维训练方法。现在比较认可的思维训练方法有脑力激荡法、心智图法、曼陀罗法、逆向思考法、综摄法、强制关联法、"七何检讨法"等，对创意写作课程的教育教学大有裨益。而孤立进行这些思维的训练又是不可取的，思维训练、创意活动与写作训练结合起来，效果更好。

3. 写作训练

创意写作既是关于"所有写作的写作"，也是具体的文类写作，它与创意思维训练一起，共同组成创意写作活动的两翼。创意写作训练的主体是学生，主导是教师，教师在这个活动中，承当活动的发起者、过程的维护者和结果的评判者角色。创意写作训练是一个系统、循序渐进、因人而异的过程。所谓系统训练，是指创意写作训练在内容上的包括各种文类写作训练（包括打破文类界限的综合写作），感觉上的听、视、嗅、味、触和直觉上的运动、平衡、空间、时间、纠错等各种训练，思维上的回忆、联想、想象、推理等训练，以及技巧上的人物特写、场景描写、拼贴游戏、修改等专项训练。所谓"循序渐进"，是指创意写作遵循写作学普遍原理，开展由易而难、由浅入深、由专项向综合、由模仿向独创、由个人向他者的创作过程。一般说来，写作从检视自身生活，发展个人心思，书写个人自传、家族史开始，走向更为理性、深入、外向和综合的写作。在课程设置上，一般写作者要经历初级、中级到高级三个阶段。所谓"因人而异"，是指创意写作训练尊重学习者的写作经历、能力、禀赋和个人兴趣爱好，切身体己、量身定做，帮助学习者设置适合个人兴趣、有助于形成个人风格、可持续写作的训练方案。

（1）文类写作训练

文类写作训练包括欣赏类阅读文本写作、生产类创意文本写作和工具类功能文本写作三个大类，面向文学消费、创意文化产业和一般事务性写作三个方向。一般来说，工具类功能文本有着比较严格的文类规范，在训练上着重文体的训练。生产类创意文本更多的是打破文类规范的综合性写作，着重在活动本身的创意，着重文案写作和活动策划。欣赏类阅读文本与传统虚构和非虚构文本多相重合，但是着重训练纸媒文本向影视文本的转换和二度创作。

（2）感知写作训练

感知写作训练包括实地考察式的听觉、视觉、嗅觉、味觉、触觉、运动觉、平衡觉、空间觉、时间觉及纠错觉的训练和回忆、想象及移情替代式的感知训练两种。前者可以采取走出教室以田野采风、参观考察、人物采访、故地重游等形式，也可以在教室随意选定人物、器物、活动等为对象，分门别类地激活身体器官感知世界的能力，全方位地打开切入世界的通道；后者则在虚拟中以体验、想象的方式进行，主要以书面形式记录感知结果，也可以口头描述。

（3）系统写作训练

经历感知写作专项训练后，创意写作进入系统写作训练阶段。在这个阶段，教师开始设置诱导性话题，结合学生个人生活经验和知识积累，展开以回忆、想象、联想和推理等多种形式的思维活动，从回忆录、家族史写作开始，激励学生打破作家障碍，发展个人心思，合理利用成规，提升创意品位，从个人性的写作迈向有个性的写作。创意写作一方面承认写作的个人性、创造性，另一方面又破除写作的神秘性，打破写作的私密化状态，大胆鼓励写作对他人作品的借鉴和模仿，调查和尊重写作受众，总结和遵循文类成规，在开放、轻松和互动的写作环境中进行创作。在生产类创意写作活动中，更以写作坊为单位、集体创作为主要形式，训练学生适应现代文化创意产业的写作能力。

（4）专项技巧训练

专项技巧训练包含在系统写作训练之中，也体现在作品完成之后的修改、润色、提高方面，包括搜集和选择写作素材、开列提纲、提炼主题、培育意象、确立故事发展动力与阻力、设置故事情节、创意阅读、场景描写、人物刻画、对话描写、人称转换、写作路线、文体转换、拼贴训练等具体内容，而修改技巧训练及活动则可应用于任何一个写作环节，促使作品尽善尽美。在作品完成后，又可引入投稿、申请出版资助、出售作品版权等活动，这些活动既是创意活动的延伸，也是写作活动的转换。

对于创意写作活动的组织者和发起者而言，写作训练应首先合理设置写作单位，安排同伴反映小组和同伴校正小组，为集体创作做精心准备；其次要营造理想的写作环境，引导写作者安然进入写作状态，扩展观察能力、想象能力和语言能力，获得自信，开口说话，交流沟通，激发灵感；最后要注意设置诱导性话题，打破学生的思维阻碍并打开想象空间，让学生迅速进入创作状态，在写作中学习写作。创意写作课程能帮助我们什么？我们的想法是，锻炼我们向各种方向拓展的写作能力；激发我们丰富的想象能力，去追求一个新观念，戴着镣铐跳舞；在一个没有任何压力的环境里，得到老师和同学的反馈和支持；扩大我们的观察和想象领域；找到使你的语言更生动活泼的技巧；找到属于自己的故事，形成属于自己故事讲述的声音；形成一个良好的创作习惯；明确自己创意的优势和劣势；通过同伴的赞扬和练习获得自信；战胜自己的恐惧，突破自己的障碍，享受每一堂创意写作课的时光。

延展阅读

一、推荐书目

1. GABRIEL R P. Writers' workshops & the work of making things [M]. New York：Addison Wesley Longman，2002.

2. 沃尔克．创意写作教学：实用方法 50 例 [M]．吕永林，译．北京：中国人民大学出版社，2014.

3. 艾丽斯．开始写吧！——非虚构文学创作 [M]．刁克利，译注．北京：中国人民大学出版社，2011.

4. 艾丽斯．开始写吧！——虚构文学创作 [M]．刁克利，译注．北京：中国人民大学出版社，2011.

二、补充阅读

请扫二维码，以进一步了解创意写作教学教法在作家培养、创意激发及写作技巧训练中的具体运用。

（一）突破作家障碍技巧

（二）课程工作坊建设小贴士

第三章　故事与小说

故事与小说关系紧密，二者不可分割。一方面，小说就是讲故事，"所谓散文化、无故事的小说，多半是用一系列小故事代替通篇的大故事，用没有啥戏剧性的故事代替戏剧性强的故事罢了。"① 很多时候，二者没有明确界限，故事自身的体例也是小说讲故事的方式一种。在古代中国，"有头有尾""时间顺序"的小说模式，恰恰是故事自身的特征。现代小说的兴起，大大发展了讲故事技巧。从"讲什么"到"怎么讲"的关注重心的转变，反映了讲故事技艺的深入。然而，这并不意味着"（长篇）小说的崛起"就一定伴随着"讲故事走向衰微"②，相反，随着影视艺术成为当代艺术消费的中心，"故事"再度焕发光彩。另一方面，小说又不等于故事，讲故事的方式不止小说一种，小说只是讲故事的方式之一。

将故事与小说放在一起来讨论，目的有二：第一，明确"故事"与"小说"的分野，二者不可等同；第二，明确写小说的基本功是讲故事，创意写作从故事开始。

---

① 樊俊智. 中外小说 35 种创作样式 ［M］. 郑州：海燕出版社，1988：11.

② 本雅明. 讲故事的人——论尼古拉·列斯科夫 ［M］//汉娜·阿伦特. 启迪：本雅明文选. 张旭东，王斑，译. 北京：三联书店，2008：99.

第一节 故事

一、文体界说

在创意写作语境中，故事指"一系列事件"[①]。然而，"故事"（story）这个术语却来自叙事学，在最一般意义上指：（1）"叙事文的内容即事件与实存"，包括具体的事件、人物、背景，以及对它们的安排，即"由作者的文化代码处理过的人和事"[②]；（2）"被讲述的全部事件""真实或虚构的、作为话语对象的接连发生的事件，以及事件之间连贯、反衬、重复等等不同的关系"[③]；（3）"叙述的内容：人物、事件和背景都是故事的组成部分；以编年顺序排列的事件构成了从话语中抽取出来的故事"[④]；（4）"叙述按时间顺序排列的事情"[⑤]；（5）"从作品文本的特定排列中抽取出来并按时间顺序重新构造的一些被叙述的事件，包括这些事件的参与者"[⑥]。

[①] PECK J，COYLE M，MORRISON M. Key concepts in creative writing［M］．2010：130.

[②] 查特曼．故事与话语——小说和电影的叙事结构［M］．徐强，译．北京：中国人民大学出版社，2013：12.

[③] 热奈特．叙事话语 新叙事话语［M］．王文融，译．北京：中国社会科学出版社，1990：6，198. 这里，热奈特是从"叙事"层面阐释"故事"的，即叙事包括"故事"和对"故事的讲述"。

[④] 费伦．作为修辞的叙事：技巧、读者、伦理、意识形态［M］．陈永国，译．北京：北京大学出版社，2002：173.

[⑤] 福斯特．小说面面观［M］//卢伯克，等．小说美学经典三种．方土人，罗婉华，等译．上海：上海文艺出版社，1990：222.

[⑥] 里蒙-凯南．叙事虚构作品［M］．姚锦清，等译．北京：三联书店，1989：5-6.

这些叙事学经典的定义涉及"事件""存在""真实""虚构""关系""顺序""编排"等重要概念。故事是叙事（通俗叫"讲故事"）的对象，以连续发生的事件及事件组合的关系为内容。在经典叙事学那里，"故事"与"话语"、"故事"与"叙事"存在某种程度的分离（但是没有"话语""叙事"，故事就无法呈现，它们其实保持了某种程度的"同时性"），可以"从话语中抽取出来"并可以"按时间顺序重新构造"，这个地方显示了"故事"与"小说"的重要区别。

作为小说的《百年孤独》这样开头：

> 多年以后，奥雷连诺上校站在行刑队面前，准会想起父亲带他去参观冰块的那个遥远的下午。

开篇即采用预叙、回叙的方式，从奥雷连诺上校多年后行刑开始。然而，作为"故事"的《百年孤独》，却只能从布恩迪亚家族第一代何塞·阿尔卡蒂奥·布恩迪亚着眼，并按照时间顺序讲起，只有这样，小说《百年孤独》的故事读者方可理解。

> 何塞·阿尔卡蒂奥·布恩迪亚是西班牙人的后裔，住在远离海滨的一个印第安人的村庄。他与乌尔苏拉新婚时，由于害怕像姨母与叔父结婚那样生出长尾巴的孩子，乌尔苏拉每夜都穿上特制的紧身衣，拒绝与丈夫同房。因此她遭到邻居普鲁邓希奥·阿基拉尔的耻笑，一次比赛中何塞·阿尔卡蒂奥·布恩迪亚杀死了普鲁邓希奥·阿基拉尔。从此，死者的鬼魂经常出现在他眼前，那痛苦而凄凉的眼神，使他日夜不得安宁，他们只好离开村子，外出寻找安身之所。经过了两年多的奔波，来到一片滩地上，受到梦的启示决定定居下来。后来又有许多人迁移至此，建立村镇，这就是马孔多。布恩迪亚家族在马孔多的历史由此开始。

在小说中，奥雷连诺上校第一个出场，排在第一顺位。但作为家庭成员之一、家族故事的一部分，他只能在"第二代"故事中才出现：

老二奥雷连诺生于马孔多，在娘肚里就会哭，睁着眼睛出世，从小就赋有预见事物的本领，少年时就像父亲一样沉默寡言，整天埋头在父亲的实验室里做小金鱼。长大后爱上马孔多里正千金雷梅黛丝，在此之前，他与哥哥的情人生有一子，名叫奥雷连诺·何塞。后来他参加了内战，当上上校。他一生遭遇过 14 次暗杀、73 次埋伏和一次枪决，均幸免于难，当他认识到这场战争是毫无意义的时候，便与政府签订和约，停止战争，然后对准心窝开枪自杀，可他却奇迹般的活了下来。他与 17 个外地女子姘居，生下 17 个男孩。这些男孩以后不约而同回马孔多寻根，却被追杀，一星期后，只有老大活下来。奥雷连诺年老归家，每日炼金子做小金鱼，每天做两条，达到 25 条时便放到坩埚里熔化，重新再做。他像父亲一样过着与世隔绝、孤独的日子，一直到死。①

在法语里，有两个被译为"故事"的术语，其一是"histoire"，它还有"历史"的含义。E. 本维尼斯特用它指"过去事件的书面叙述"②。这种观念与中国传统语叙事学对故事的理解十分相似。在中国传统叙事里，"故事"一般是指"旧事""旧业""先例""典故""花样"等已经发生、"真实"存在的事件、事物，如《史记·太史公自序》中："余所谓述故事，整齐其世传，非所谓作也。"中法两种文化对故事本质化和实体化的理解，类似于热拉尔·热奈特（Gérard Genette）的描述："由处于时间和因果秩序之中的、尚未被形诸语言的事件构成"。由此来看，作为"事件"，故事包括"真实发生"和"虚构"两种情况，这就与现代小说观念倾向于"虚构"有所区别。

我们倾向于这样认为，故事是真实或虚构的、作为话语对象的接连发生的事件，或者从已有作品文本中抽取出来并按时间顺序与逻辑关系

---

① 百度百科《百年孤独》"故事梗概"，见 http：//baike. baidu. com/view/37227. htm? fr＝aladdin。
② 王先霈，王又平. 文学理论批评术语汇释［M］. 北京：高等教育出版社，2006：352.

重新构造的事件。

二、文体特征

1. 独立于不同文体与载体

一个故事改头换面被不同的载体与文体演绎后，我们依旧识得它，知道这是同一个故事，它们只是换了一个"马甲"而已。正如克洛德·布雷蒙（Claude Bremond）所说："一个故事的题材可以充当一部芭蕾舞剧的剧情；一部长篇小说的题材可以搬到舞台或银幕上；一部电影可以讲给没有看过的人听；一个人读的是文字，看见的是形象，辨认的是姿势，而通过这些，了解到的却是一个故事，而且很可能是同一个故事。"① 从叙述上讲，故事通过许多媒介（符号系统）和话语类型来讲述。故事的"语法"丝毫不反映这些差异，更不反映虚构叙事与历史叙事的差异，它是一种普遍性模式。② 申丹认为："一、故事独立于不同作家、舞台编导或电影摄制者的不同创作风格；二、故事独立于表达故事所采用的语言种类（英文、法文、中文等）、舞蹈种类（芭蕾舞、民间舞等）和电影种类；三、故事独立于不同的媒介或符号系统（语言、电影影像或舞蹈动作等）。"③ 罗伯特·麦基也说："戏剧、散文、电影、歌剧、哑剧、诗歌、舞蹈都是故事仪式的辉煌形式，各有其悦人之处。"④他们的话可以理解为，故事可以存在于不同的载体，也可以存在于不同的文体，被不同的方式讲述，具有不依赖具体文体和载体的独立性。但穿梭于各种文体、载体，各个时代、语言、文化中的"故事"，其"独立性"主要体现在故事的核心事件与核心动作上，至于故事的意义、价值，事件

---

① 申丹. 叙述学与小说文体学研究［M］. 北京：北京大学出版社，1998：19.
② 道勒齐尔. 虚构叙事与历史叙事：迎接后现代主义的挑战［M］//赫尔曼. 新叙事学. 马海良，译. 北京：北京大学出版社，2002：177.
③ 申丹. 叙述学与小说文体学研究［M］. 北京：北京大学出版社，1998：19.
④ 麦基. 故事——材质、结构、风格和银幕剧作的原理［M］. 周铁东，译. 北京：中国电影出版社，2001：33.

的起因、关联，人物的形象、设定，都会在每一次讲述中被丰富、被改变。"贞德的生活事实永远是相同的，但是，她的生活'真实'的意义却有待于作家来发现，整个样式也因之而不断改变。"① 诗歌《木兰辞》、电视剧《花木兰》、电影《花木兰》对"花木兰从军"故事做了地方性与时代性的演绎，同一个故事呈现出不同的面貌，焕发出不同的光彩。

2. 以事件/行动为中心

故事就是事件。什么事件也没发生，就没有故事。事件（event）是构成故事的最基本单位，是故事的组成部分。《牛津英语词典》给"事件"下的定义是"发生的事情"。根据这一定义，施洛米斯·里蒙-凯南（Shlomith Rimmon-Kenan）说："一个事件就是一件发生的事情，一件能用一个动词或动作名词加以概括的事情。"② 三个事件就可以组成一个故事，称为"最小故事"。

故事由"事件"组成，但"事件"意味着变化。没有引起变化的事件，或者发生了一系列事件之后，故事依旧没有发生变化，这种事件就不是有效事件。米克·巴尔（Mieke Bal）把事件定义为"由行为者所引起或经历的从一种状况向另一种状况的转变。"③ 但如果一个事件的发生与主要人物的外在生活或内心生活无关，那么它就是偶然事件，故事不能建立在偶然事件之上。好故事的事件都会引起内在情感与认识的变化。比如，一个人视财富为自己的人生全部，为了获取更大的财富目标，他宁愿牺牲亲情与友情。后来，他竭尽全力也未实现这个目标，但此时他却发觉，虽然没有获得更多的财富，却拥有了更宝贵的亲情与友情。没有这笔财富，他反而更加富有（《人再囧途之泰囧》）。初始内在价值观推动事件的发展，事件的发展和最后的结果却改变了他初始的价

---

① 麦基. 故事——材质、结构、风格和银幕剧作的原理［M］. 周铁东，译. 北京：中国电影出版社，2001：31.

② 里蒙-凯南. 叙事虚构作品［M］. 姚锦清，等译. 北京：三联书店，1989：4.

③ 巴尔. 叙述学：叙事理论导论［M］. 谭君强，译. 2版. 北京：中国社会科学出版社，2003：219.

值观，故事的两段似乎都是平衡，但这两种平衡的性质完全不同。相反，如果故事事件发生了，但没有引起相应变化，那么我们就说这个故事"什么也没有发生"。"有一条规律差不多是普遍有效而应当加以强调的，那就是：在一幕戏的结尾，不应当让行动停留在这幕戏开始时它所停留的地方。观众有一种对'前进'的直感和希望。他们不愿意把事情仅仅理解为时间推移的标志，不愿意在一幕戏结束时感到似乎什么事情也没有发生过，即使在这幕戏的进程中，时时刻刻都是饶有兴趣的。"①

事件意味着变化，跟"变化"密切相关的是"行动"，是"行动"导致了变化。其重要性，亚里士多德表述为"人物不是为了表现性格才行动，而是为了行动才需要性格的配合。由此可见，事件，即情节是悲剧的目的，而目的是一切事物中最重要的。此外，没有行动即没有悲剧，但没有性格，悲剧却可能依然成立。"② 在所有行动中有一个核心行动，故事紧扣核心行动展开。一般而言，核心事件由人物尤其是主人公核心行动参与、完成。许多类型故事就建立在类型化的核心行动之上，比如"寻宝故事""复仇故事""学艺故事""成长故事""拯救故事""逃亡故事"等，数不胜数，具体故事围绕核心行动展开，如《活着》是"活着"，《神探狄仁杰》是"断案"，《西游记》是"取经"，《魔戒》是"销毁"，《人在囧途》是"回家"等。

3. 戏剧性是故事趣味的重要来源

经典故事多是有趣的，我们因为喜欢它，才接受它的观念和判断。一个好人，做了一件好事，在道德上值得赞扬，也鼓励读者自觉地去效仿，但是在趣味上，我们更愿意听到一个坏人因为某种原因开始做好事并且成为一个好人，或者他坚持做坏事最终人生没有好结果的故事，而且那种"惩恶扬善"的教谕效果要远比前者好得多，这就是为什么人们更自愿阅读"三言二拍"而非《太上感应篇》或其他各地方牌坊故事的

---

① 阿契尔 . 剧作法 ［M］. 吴钧燮，聂文杞，译 . 北京：中国戏剧出版社，1980：163.
② 亚里士多德 . 诗学 ［M］. 陈中梅，译 . 北京：商务印书馆，1996：64.

原因。"好人做坏事"跟"坏人做好事"的故事，在材质上有共同点，那就是人物和事件存在反差，这种反差我们称之为"戏剧性"。戏剧性的要义是反差，反差是"变化"的外在形式。

三、写作要点

1. 寻找故事事件的戏剧性

一个故事是否有趣，取决于故事戏剧性的发掘。戏剧性的来源有多种，人物与事件的反差、欲望与结果的反差、行为与环境的反差、意义与行为的反差，等等，都可以营造戏剧性。

（1）人物身份与行为、行为与结果等之间的巨大反差

一个贼不去偷盗，反而阻止同伙对受害者实行偷盗（《天下无贼》）；一群强盗去剿灭另一群强盗，其目标不是为了钱财，居然是"公平"（《让子弹飞》）；一个和尚万里迢迢去取经，途中要面对无数的妖魔鬼怪，他肉眼凡胎，毫无辨别危险能力和自保能力，而且他自身是妖魔鬼怪的首要攻击目标（《西游记》）；没有枪、没有经费、主张和平主义者、具有"萨姆弹情结"的人，要去公开刺杀，完成"一桩事先张扬的谋杀案"（《借枪》）；妓女比贵妇更高贵（《羊脂球》）；等等。试想，如果"老鬼当家"（《小鬼当家》）、"青年与海"（《老人与海》），这样的故事又该如何讲述呢？堂吉诃德生活在17世纪，但脑子却停留在骑士时代（《堂吉诃德》）。他披挂整齐、骑驴游侠天下的时候，我们就想知道：两个世纪的碰撞会怎么样？

中国有四大爱情故事：牛郎织女、董永与七仙女的故事讲述的是贫穷的人间小伙与貌美富足的天仙的故事；白娘子与许仙是"人与妖"的故事；梁山伯与祝英台最后因化为蝴蝶而获得永久的幸福。国外也有许多"屌丝与白富美"的故事，比如贵族子弟与妓女（《魂断蓝桥》《茶花女》）等，还有一些经典的"偷情故事"（《安娜·卡列尼娜》《泰坦尼克号》《廊桥遗梦》《查泰莱夫人的情人》）等。在这些爱情故事中，人物

的行动与自己的身份形成了巨大的反差。

反差还存在于行为与结果之间：比如，反抗悲剧命运的行为却导致悲剧命运的加速到来（《俄狄浦斯王》《无极》等）；想要摆脱某种坏的东西，抛弃了之后却发现是最宝贵的东西，因此而失落（《人生》《黑骏马》等），或者相反，没有摆脱掉却因此而受益（《疯狂的石头》等）；得到了一直想要的东西，最终却发现不可能再拥有或者已经没有价值（《三杆大烟枪》等）。这些故事有些是悲剧，有些是喜剧，有些是滑稽剧，但种种反差存在于其间。戏剧性只关乎趣味，无关乎主题。

（2）超越日常生活的故事

《太平广记》《世说新语》《阅微草堂笔记》中，他们来自生活，却非凡、特立独行、难以解释。他们有这样或那样的性格，这样或那样的癖好，这样或那样的经历。英雄传奇、历史演义中的"大人物""大事件"决定国家命运、历史走向。还有幻想故事，我们就想看看，在我们的生活之外，还有什么样的生活。比如，"从前，有一块木头，叫匹诺曹。这块木头落在木匠安东尼手里，木匠用斧柄敲敲木头，木头竟然大喊：'很痛呀！'……葛培多将木头刻成木偶，嘴巴刻好了，匹诺曹马上伸出舌头来做鬼脸。刻好了手臂，匹诺曹又立刻伸手把葛培多头上的假发拉掉。脚刻好了，匹诺曹拔腿就跑……"（《匹诺曹》）

（3）提供异质生命

他们或是来自偏远的地方，或是遥远的过去，比如《边城》《大淖记事》《马桥词典》《商州》等故事。在现代化、全球化的今天，这样的人与事件或许在"量"上处于绝对劣势，边缘化，不被理解，现实中并无多少人愿意模仿，但是他们仍旧有自己的价值。一个人在生活方式及意义上，并不像在数量上那样处于以寡敌众的绝对劣势，相反他具有独特的"传奇"价值："一个人有一套这样道理这样想这样做，另一个人却有另一套道理那样想那样做，而竟然这样也对，那样也对。"① 这让我

---

① 杨照. 故事效应——创意与创价［M］. 沈阳：辽宁教育出版社，2011：59.

们不由得反思自己的生活是否真的那么优越、正确。

2. 确立核心事件与核心动作

故事以事件为核心，一个故事至少由三个事件组成，其中必有最紧要的事件，我们称其为"核心事件"。它是故事的中心，相较于其他事件，起到聚合目标的作用，失去它，故事的其他事件就失去了方向。就小说而言，"核心事件是小说情节的'纲'，并跟小说的题旨直接相关，是小说情节的总枢纽，具有'牵一发而动全身'之效。"[①] 核心事件与故事的核心行动相关，应有人物尤其是主人公的参与。在这些故事中，其中有些事件是用以说明、设置人物的经历、性格等"外部生活""内心生活"以及二者的不一致，但是它们在功能上只是为将要发生的事件做铺垫、解释，交代随后的事情为何发生以及发生的方式，重点在人物将要面临的问题、解决问题的过程与方式。

3. 提供新的感受与见解

故事总是伴随着见解与感情，小说、剧本故事让见解与感情从故事中自动流露，散文或诗歌故事则要通过作者、诗人去揭示。但是每部成功作品，都能给这个世界习以为常的世俗生活提供新的感悟。反过来说，这些新的感悟构成了新故事的核。因为从这个"核"，可以生长出新的故事。《婚前试爱》表达这样一个见解："你爱一个人，首先就先要伤害他，因为内疚是维系爱情最好的方法。""内疚是维系爱情最好的方法"，这句在现代都市迷狂状态下的爱情感悟，似乎是长久以来类似爱情境遇的极端表达。虽然难以接受，但不无道理，在很多经典爱情故事中，深爱或者更爱，都是建立在"内疚"或"愧疚"的基础之上，只不过话语表达方式不是这样。"伤"了一个人，才更爱一个人；伤害至死，于是遗恨一世，才深爱一生。李寻欢（《小李飞刀》）对林诗音的爱，其实建立在对林诗音无穷无尽的"悔恨"与"愧疚"之上。他亲手将自己

---

① 曹布拉. 金庸小说技巧［M］. 杭州：杭州出版社，2006：129.

深爱并深爱他的爱人送给一个无赖，最后又亲手杀死了自己爱人的儿子。如果没有那么多的伤害，李寻欢会那么"悔恨"与"愧疚"吗？没有那么多的"悔恨"与"愧疚"，或许也就没有那么多的爱。这种关于"爱"的解释，大大丰富了我们对爱情题材的认识。

故事其实就是作者通过虚拟一些人物，在设置的场景里，去虚拟地解决自己设定的问题，通过他们的行动来表达自己对生活与世界的认识，故事就是世界观，对现世世界与永恒问题的发言。从这个意义上说，陈词滥调没有价值。

四、写作训练

1. 构思或检查

（1）构思一个故事。向伙伴介绍故事的主人公、要发生的事件、戏剧性以及你要表达的见解与感情。

（2）检查带进工作坊的故事。对照故事元素，考察：

①这是关于谁的故事？

②主人公经历一系列事件之后，价值观/对世界的认识是否发生了改变？

③这个故事有无戏剧性，是否值得讲下去？

④这个故事提供什么样的见解？除了正确之外，是否还有其他启示意义？

2. 讲述一个"我"的故事

尝试这样的标题："好莱坞正在制作一部关于我的生活的电影"，这样的故事将包括哪些场景？

（1）人物

①你生命中谁最重要？为什么对你最重要？

②如果你被来自其他星球的外星人绑架，你会最想念谁？为什么？

③你有一个亲密朋友搬家离开你了，对他的离开，你有什么感觉？

后来还见到他了吗？再见面时还跟以前一样吗，或者有什么不一样？

④你跟你最好的朋友见面是什么样子？你们是怎么变得这么亲密的？

（2）地点

①想象一下，你和你的家庭将移民太空的某个地方，永远不会再回到地球，离开之前你们将会去哪里参观？

②哪个地方是你永远也不想再去的？为什么不愿意再去？

③你生命中最快乐的事发生在哪个地方？最悲伤的事呢？最恐惧的事呢？最滑稽的事呢？最奇怪的事呢？

（3）成长

①你曾经做过最艰难的决定是什么？回过头来看，你认为当时做的决定是正确的吗？

②如果你能穿越时间回到过去，你将回到哪个时刻？为什么要选择这个时刻？现在回去，你还会跟过去一样做相同的事情吗？

③与一年级时候的你相比，你现在有什么不同？发生了什么让你改变？[①]

3. 整理故事

选择一部自己喜爱、熟悉的作品（影视、戏剧、小说等），整理故事要素（人物/主人公、事件/行动、见识/感情、戏剧性），从主人公角度按时间顺序整理这个故事。

4. 默写故事

比如默片《艺术家》。

5. 改写故事

以上述故事为基础，试从以下几个方面改写这个故事：

---

① AMBERG J, LARSON M. The creative writing handbook［M］. Tucson, Arizona：Good Years Books，1992.

（1）作品人称；

（2）叙事视角；

（3）从边缘人物的角度重新讲述故事；

（4）从对立人物的角度讲述故事；

（5）增加人物；

（6）增加故事变量；

（7）改变故事地点；

（8）改变故事时间；

（9）倒写；

（10）穿越；

（11）参与别人的故事。

延展阅读

一、推荐书目

1. 布鲁克斯 . 故事工程：掌握成功写作的六大核心技能［M］. 刘再良，译 . 北京：中国人民大学出版社，2014.

2. 许道军 . 故事工坊［M］. 北京：中国人民大学出版社，2015.

3. 杨照 . 故事效应：创意与创价［M］. 沈阳：辽宁教育出版，2011.

二、补充阅读

请扫描二维码，以进一步理解故事的文体特征与创意技巧。

案例分析：小说《活着》vs 电影《活着》

第二节 小说

一、文体界说

小说是一种以塑造人物为中心，通过描述完整的故事情节和具体的生活环境，形象、深刻、多方位地反映社会生活的叙事性文学体裁。故事是小说的主体，情节是作家对故事的编排。现代小说出现向人物内心发掘、淡化情节、有意强化故事意义的趋势，出现了许多探索人物内心世界的心理小说、意识流小说，甚至精神分析小说，比如《尤利西斯》《墙上的斑点》等。在刻画人物形象，尤其是刻画人物内心世界方面，小说有戏剧、影视不具备的优势。但总体说来，人物、情节和环境仍旧是小说的三个要素。

在漫长的发展过程中，小说发展出了志怪、笔记、传奇、公案、武侠、历史、幽默、哲理、信体、诗体、命运、惊险、魔幻、推理等多种形式，近年来又在网络文学中增加了"穿越""架空""仙侠""玄幻""奇幻""竞技"等新种类。常见的小说分类方法是按照字数，将小说分为微型小说、短篇小说、中篇小说和长篇小说几类。不过网络小说的兴起，不断挑战按照字数分类的方法，现在连载的小说普遍突破了原有的限度，微型小说以 140 字为限度，而超长篇小说层出不穷。

微型小说亦称"小小说""一分钟小说""袖珍小说"，篇幅字数在 1 000～2 000 之间。选材精粹，事件微小，情节单一，人物少，一般情况下是一条线索、一个人物、一个场景，只选取人物在某一场合中的片刻行动。题材常是生活经验的片段，故事经常有头无尾，或有尾无头，甚至无头无尾。高潮一般放在结尾，结尾余音绕梁。由于比短篇更短，字句也相对更加精练，结局多出人意料。

篇幅在几千到两万多字的小说一般被划归为短篇小说，相对于中长篇小说，以减少角色、缩小场景、短化故事中流动的时间为特点。但短篇小说也有对细节足够的刻画，绝非长篇故事的节略或纲要。一般认为，篇幅在 3 万～6 万字之间的小说，其容量大小、篇幅长短、人物多寡、情节繁简等均介于长篇小说和短篇小说之间，通常只是截取主人公一个时期或某一段生活的典型事件塑造形象，从而反映社会生活的某个方面，表达作者的完整见解。故事情节完整但线索比较单一，矛盾冲突不如长篇小说复杂，人物也较少。字数在 6 万以上的为长篇小说，还可细分为小长篇（一般 6 万～10 万字）、中长篇（一般十几万到三五十万字）、超长篇（一般超过一百万字）。一般说来，中短篇写人物故事，长篇多写人物命运。

二、文体特征

1. 以书面语言讲故事为基础

尽管以"故事性""情节性""因果性"为基本特征的线性叙事在 20 世纪受到挑战，而那些"去故事化""淡化情节""反因果关系"等小说理论及探索小说甚嚣尘上，相互支撑，但是从小说的发生发展以及真实的存在境况来看，"故事性""情节化""因果性"始终是小说的基本文体特征，这已经在 20 世纪之前的小说发展历史中清晰可见，也被 20 世纪以来小说类型的阅读实景所证实。从发生学上说，故事是小说的雏形，小说是在故事的基础上发展而成的。从六朝志人志怪小说、唐传奇开始，中国古典小说的重要特点，就是有一个完整、清晰的故事。"扣人心弦"是评价故事也是小说写作成功的重要标志。但小说又不等于故事。一方面，讲故事一直是小说的传统，讲故事的小说实际上一直受到读者的欢迎。但对于小说文体特征的新认识以及在表现手法上的大胆探索，的确发展和深化了小说的表现力，在与新近兴起的影视故事竞争中，确立了属于自己的表现领域与特权。

2. 以人物塑造为中心

故事离不开人物，但以事件为核心，小说逐渐从故事中独立出来，开始从写事转向写人。"这样一种传统小说的基本格局，虽然也主张人物'做什么'和'怎么做'，但对于人物'想什么'却关注得不够。没有强调表现人物的丰富性与复杂性。直到明、清时代，中国的小说创作才真正从写事转到了写人。而西方的小说，也同样经历了这样一个漫长的时期。例如西方的流浪汉小说，不过是用人物来贯串那复杂而庞大的情节而已，人物是为故事服务的。直到 18 世纪，一大批杰出的小说家才真正把小说艺术变成了人的性格的活写真。"① 因此，"凡是好的作家身后总是站着一排人物。② 小说所讲述的故事情节是围绕着人而产生，由人来演绎的。故事是人物的故事，主人公的"欲望"是推动故事发展的内在动力，主人公采取行动、克服重重阻碍的过程就是故事的情节。人物所处的社会环境、自然环境或者虚拟社会，个人的生活经历、身体特征、心理状态、教育程度、文化归属、生活习惯、人际关系等，都是故事发生的原因、动力、阻力或者助力，分别形成必要的或关键的细节、情节，没有脱离人物的事件、细节、场景，事件永远为人物服务。

与故事相比，最重要的还不是讲故事而是写人。即使有的小说是以情节跌宕取胜，如莫泊桑的《项链》、欧·亨利的《麦琪的礼物》《警察与赞美诗》，但它表现的仍然是人的心理、人的命运。尽管有部分小说以动物为主人公，如夏目漱石的《我是猫》、乔治·奥威尔的《动物庄园》、卡·恰佩克的《鲵鱼之乱》等，但也是将动物拟人化，使动物具有像人一样的思维能力和行为能力。在中外小说早期发展中，比如中国

---

① 傅腾霄. 小说技巧［M］. 北京：中国青年出版社，1992：29.
② 徐春萍，东西. 写我们内心的秘密——关于长篇小说《后悔录》的访谈［N］. 文学报，2005－08－04.

的志怪、神魔或者希腊神话史诗中，主角多半是"神""怪"或者奇异之物，而在许多寓言小说中，主角也是飞禽走兽、花鸟虫鱼，但是，"神"也好，"怪"以及其他也好，它们只有被拟人化，赋予人类的思想与感受，让它们跟我们一样，有内心冲突，有意识和潜意识，这样它们才有行动的欲望、主动性和感受，才会有属于"自己"的事件发生。与我们一样，我们才会在阅读中为它们移情，比如《聊斋志异》《西游记》《我是猫》《变形记》等众多小说中的形象。未被拟人化的事物只能是故事的物象。

对于小说而言，人物和故事两者不可分割，人既离不开故事，故事更离不开人。一部优秀的小说，其过人之处常常在于塑造出令人过目难忘的人物形象，如《儒林外史》中的严监生、范进，《故乡》中的祥林嫂、杨二嫂，《孔乙己》中的孔乙己，《阿Q正传》中的阿Q等。这些鲜活的人物，既有鲜明的个性，又具普遍的社会代表性，成为艺术典型。

3. 偏重于虚构

小说不同于新闻报道或散文、诗歌的地方在于其故事世界的虚拟性和写作手法的虚构性。小说中的世界是虚拟的世界，小说中的生活是虚构和模拟的生活，整体上偏重于虚构。尽管中外小说在发展过程中，都经历过认为小说是讲述真人真事的观念，就像狄更斯在他的第一部小说《匹克威克外传》中说的那样："我们只是努力用正直的态度，履行我们作为编辑者的应尽之责……我们只能说，我们的功劳只是把材料做了适当的处理和不偏不倚的叙述而已。"①《三国志通俗演义》作者在自序中说："晋平阳侯陈寿史传，后学罗贯中编次。"在中国的某些时期也曾因为题材的真实性问题引发现实争议，但是到了现代时期，小说作为虚构的叙事作品已经成为不争的常规，很少有人像凌濛初、冯梦龙、罗贯中

---

① 狄更斯. 匹克威克外传［M］. 蒋天佐，译. 上海：上海译文出版社，1979：54.

或者像英国的笛福、理查逊等 18 世纪小说家那样强调小说是真人真事。幻想（神魔、科幻、玄幻、奇幻、穿越、架空等）无疑虚构性最强，但即使"叙事多有来历"或者以自己亲身经历为基础、以现实事件或人物为原型的故事，也经历了选择、改写和虚构的过程，整体上变成了虚构作品，已经不同于生活本身。

但小说中的虚拟世界既真又假，既假又真，真真假假，假假真真。作者通过对于生活的发现，把自己的见解、感受和情绪，把自己的假设、想象融入进去。小说是作者内心与生活经验、主观世界与客观世界的结合。没有生活的真实，在现实中找不出原型，激发不出读者的共鸣，那肯定不是一篇好的小说；同样，就事论事，没有虚构想象，没有艺术加工，也很难成就出一篇优秀的小说。小说既是真实的，又是虚构的，真与假相互依存。

三、写作要点

小说就是讲故事，但是"小说是用一种特殊的方式讲故事"①。艾弗·伊文斯（Ifor Evans）所说的"特殊性"有许多是其他文体可以共有的，只有放在"口头讲故事""纸媒写故事"与"演员演故事"这个更大的视野下，方可真正把捉到属于自己的"特殊性"。

1. 小说的主体是故事，但故事讲出多少、怎样讲是作者的权利

小说从故事演进而来，以讲故事为己任，但这并不意味着，小说就一定要把故事事件按照它自然的顺序、本来的样子讲述出来。我们现在所说的"诗化故事""心理故事"或"哲理小说"似乎是不需要故事、反故事的，但是我们要明白，它们是有完整故事基础的，对立面、冲突、情节、逻辑等隐藏其中，但是作者要么掩饰它，要么省略它，反过来去强调另外一部分，比如氛围、情境、内心生活等。可以参照的是山

---

① 伊文斯. 英国文学简史［M］. 蔡文显，译. 北京：人民文学出版社，1984：285.

水画的"留白"，我们知道露出画面一角的山水，必有来路，必有去路，虽云遮雾罩但不等于它们不存在。"诗意""意识流""哲理"等效果或风格的获得，是向绘画、诗歌、散文主文体主动学习，将故事碎片化、情绪化、对象化处理的结果。

小说记录、处理事件，相对于口头故事以及戏剧故事，有着自己独有的经验和便利，比如口头故事与小说可以分享连贯叙事、插入叙事的技巧，但交替叙事，这是口头故事、戏剧故事难以达到的。"这种形式显然是同口头文学失去了任何联系的文学体裁的特征，因为口头文学不可能有交替。"① 当然影视故事以"蒙太奇""闪回"的方式弥补了戏剧的缺憾，但即使是影视故事，也难以连续表现大幅度跨时空的事件、情节与细节。

2. 构思从人物与同类或异类的关系入手

"小说是由什么构成的?"龙一认为，小说不是由人物、情节、主题、悬念之类的东西组成，小说的基本结构单位是"遇合"，即人物与同类或者非同类事物（包括物体、异类、天气等）相遇。由遇合向前发展，两个"人"发生了联系，就会变成大一点的构建，叫"交流"；在交流中发生了矛盾，是更大一点的"冲突"；冲突的结果造成了一方生活的细微的转折，便是小情节。从发生冲突并造成细微转折的小情节开始，再加以扩大，注入背景、次要人物和前因，形成"场面"；如果场面中主要人物与"阻碍因素"发生剧烈冲突，并给其中一方的行动或情感造成了较为重大的转折，便会扩张为小说中至关重要的"戏剧性场面"，这些便是小说的基本构成。②

龙一结合自己的创作经验，并借鉴罗伯特·麦基的银幕剧故事结构原理探讨小说结构，是有真知灼见的。小说以刻画人物形象为主要任务（外在生活或内心世界），而故事的事件本身也离不开人物，抓住了人物

---

① 曹布拉. 金庸小说技巧［M］. 杭州：杭州出版社，2006：15.
② 龙一. 小说技术［M］. 天津：百花文艺出版社，2011：89-90.

就抓住了关键。人物不仅决定了故事的事件，还决定了故事的长度。长篇小说为什么"长"，根本原因在于人物多。人物多，关系就多，相应的事件就多起来。

3. 使用小说权利

我们无法领略宋元时期勾栏瓦肆那些说话大师们纵横捭阖、口吐莲花的精彩，但那个时期的人们也无法领略今天发达影视技术的"画面语言"，尤其是 3D、4D 时代的到来，影视语言更加令人震撼。其实，小说的语言也可以做到它们做不到的：其一，语言的欢乐、阅读的快感：或优美，或明快，或幽默，或雄辩。其二，叙事的便利，可以深入到人物内心、潜意识，发掘与表现内心的冲突。其三，作者的声音可以出现在作品中，影响读者对故事或人物的判断，提高表现力，引导读者的移情；而在影视中，画外音是拙劣的手段。其四，虚拟的简洁。小说是虚拟的艺术，既有虚拟的权利，又有虚拟的便利，相对于影视、戏剧事物写实展现的"笨拙"，小说几乎可以天马行空。

小说可以继续走故事化的道路，也可以模仿影视故事，借鉴叙事空间化，将内心语言的"阅读"转化为"看"，或"零度写作"，作者退出故事世界，让人物自己行动，但他必须坚持自己特殊的权利，方可树立自己不可取代的地位。"小说作者对于叙述过程的控制性要强于导演对于电影叙述过程的控制。在小说叙述中，读者最终不得不跟着一个叙述者走；而电影观众对于影像的接受很可能完全不受导演意图的控制。"①作者对故事的控制、"强叙述"，在这个意义上，是文体特性而不是明显缺陷，这就是为什么像《尤利西斯》《追忆逝水年华》《芬灵根守灵夜》，甚至《信使》《你是少年酒坛子》这样的作品价值所在——它们不是用于"听"，而是用于"阅读"。

---

① 杨世真．重估线性叙事的价值——以小说与影视剧为例［M］．杭州：浙江大学出版社，2007：101.

四、写作训练

情节设置练习：正在上大三的女儿带男友回家，要求登记结婚。

1. 分歧所在：女儿尚在读大三，年经尚小。男友同样年纪轻轻，没有事业基础。

2. 家长态度：父母双方或有一方强烈反对。

（1）父亲、母亲均反对；

（2）父亲反对，母亲妥协；

（3）母亲反对，父亲妥协。

只要父母双方意见不统一，小说就会生发出许多枝节，向不同方向发展。

3. 反对理由：在保持人物关系不变，保持家长反对女儿结婚这一核心矛盾的情况下，如何使故事情节千变万化？除了"女儿尚在读大三，年经尚小。男友同样年纪轻轻，没有事业基础"这一种矛盾设置外，还有没有其他原因使家长反对二人结婚？

（1）男孩与女孩的祖上是仇敌，例如像《罗密欧与朱丽叶》中的情节。

（2）男孩与女孩原来是有血缘关系的亲兄妹，例如像《雷雨》中的周萍与四凤。

（3）男女双方门不当、户不对，其中一方的家长嫌贫爱富，棒打鸳鸯。

a. 男尊女卑：男方是公子哥儿，女方只是灰姑娘。比如，《雷雨》中的周朴园是地主的儿子，鲁侍萍是女仆；《霍小玉传》中的李益与霍小玉、《杜十娘怒沉百宝箱》中的李甲与杜十娘，男方是官宦人家，女方是妓女。

b. 女尊男卑：女方是高官、地主、资本家的千金小姐，男孩只是平头百姓。例如，司汤达《红与黑》中，玛丽是木尔侯爵的千金，于连只是一心想往上爬的穷小子；尽管周朴园与鲁侍萍、李益与霍小玉等之间也有一定的感情，但由于男女双方门第出身不同、经济地位悬殊，注定了他们不可能结合。在现当代文学中，还出现了另一种情况，男女双方由于政治立场的差异而难以结合，即使结合最终也要分开，如革命者与资本家的女儿，党员干部、工人、解放军与"地、富、反、坏、右"的后代……

类似的原因还有很多，按照普罗普《故事形态学》以及小说类型学理论，在儿女要求结婚而家长反对这一核心情节不变的情况下，随着其中任一方身份、地位、经历等方面的不同设计，小说的情节发展有许多种走向，完全可以演绎出众多千差万别的故事。

延展阅读

一、推荐书目

1. 弗雷. 弗雷的小说写作坊：劲爆小说秘境游走 ［M］. 许峰，译. 北京：中国人民大学出版社，2015.

2. 弗雷. 弗雷的小说写作坊：让劲爆小说飞起来 ［M］. 田忠辉，译. 北京：中国人民大学出版社，2015.

3. 巴赫金. 小说理论 ［M］. 白春仁，晓河，译. 石家庄：河北教育出版社，1998.

4. 福斯特. 小说面面观 ［M］. 冯涛，译. 北京：人民文学出版社，2009.

5. 徐岱. 小说叙事学 ［M］. 北京：商务印书馆，2010.

二、补充阅读

请扫二维码，以进一步理解小说的文体特征与构思技巧。

（一）文本个案综合分析

（二）小说写作构思实操

第四章

小品与电影剧本

若仅就文学层面而言，戏剧影视与小说都是注重讲故事的文学样式，同样遵循着故事的基本原理，故前章所拈举的故事之例有不少是戏剧影视作品。当然，受"编—演"特质的影响，戏剧影视文学剧作既有自己特有的外在文体格式特征，也有着自己特有的内在故事讲述方式，这是不可否认的。随着文化产业的发展，文学与媒介的结合越来越大行其道，戏剧影视剧本写作在创意写作中的地位也越来越凸显。基于此，本章在前章的基础上，顺势展开戏剧影视剧本写作的解析。囿于篇幅之限，无法面面俱到，本章仅择取剧作类型中应用面较广、代表性较强的戏剧小品与电影剧作展开讲解。

第一节　戏剧小品

一、文体界说

"小品"原指佛经的简本，后来各种简短的文艺样式皆可以之命名，例如小品文、音乐小品、舞蹈小品、摄影小品、杂技小品等，戏剧小品则是戏剧文艺中特有的一种简短的样式品种。就戏剧小品的发展历程来看，古今中外戏剧史上不乏一些短小精悍的戏剧作品，但除了外在形制的短小之外，这些剧作缺乏区别于其他戏剧种类的内在特质，尚不是独立的戏剧艺术品种。自 20 世纪 80 年代中期以来，借助春晚平台的催生效应与电视节目的传媒手段，戏剧小品"小"的外在便利与平民化、戏谑化的内在艺术特质渐为民众所喜闻乐见，在不断搬演中发展壮大，从而具备了独有的审美特质，获得了独立的艺术品格，成为一种独立的戏剧品种。至今，戏剧小品仍是春晚不可或缺的节目类型，在各级各类文艺演出中也有广泛的编演实践。更为重要的是，对于剧本写作的学习而言，小品既具备了戏剧的基本要素，同时又相对简单，是剧本写作入门的最佳进阶，故我们先来谈戏剧小品的写作。

二、文体特征

关于什么是"小品"，不同的人站在不同的立场，会给出各自不同的描述。若从便于初学者学习小品创作的层面去考虑的话，小品的文体特征有如下两个方面是需要注意的：

1. 基本特征的总体把握

戏剧小品具有如下特征：篇幅短，少则千余字，多则三四千字；体量小，多控制在 10～15 分钟之间；人物省，一般是 2～3 人；取材活，能较快地反映社会生活，时代感强，被誉为戏剧轻骑兵；构思巧，大多截取生活中的片段进行戏剧性的表现；结构精，大多由 6～10 个场面构成；风格喜，台词语言通俗质朴，多呈现出诙谐趣味。这些文体特征归根结底是由其"小"决定的，因其"小"，故无法宏大、繁复、全面，难于深刻，短于思辨；但也正因其"小"，故能迅疾、灵活、轻巧、多变。简言之，戏剧小品凸显的文体特征是：小而灵，小而巧，小而热闹。有了这一整体把握，就像出行的时候有了坐标，在创作小品时就有了较为明晰的方向感，不至于迷失或越界。

2. 根本属性与外在特征的辩证把握

虽然很多时候我们把戏剧小品简称为"小品"，但"戏剧性"依然是它的根本属性，戏剧艺术中的剧作构造、情景张力、意蕴内涵、台词语言等要素依然都是不可忽略的。除了根本属性外，戏剧小品有非常鲜明的外在特征：鲜明的幽默色彩、浓郁的喜剧风格、强烈的剧场"笑果"。由于根本属性是内隐的，而戏剧小品的外在特征又如此鲜明，导致不少剧作者丧失了对戏剧小品根本属性的认知，只关注外在特征的实现。这种片面的理解将小品创作引入了错误的捷径：大量借用网络流行语，过分使用民间小段子。

不可否认，台词是戏剧创作中不可忽视的一环，在台词中借用流行语与小段子能引人一笑，运用得当的话会相得益彰，但过分使用会使戏剧小品中的"戏剧"本质大为减损，脱离情境的小段子与人物的流行语会使小品沦为庸俗的"笑话合集"。如此一来，戏剧小品和德云社的相声还有何区别呢？

流行语与小段子的"笑果"已经是被消费过了的，在戏剧小品中再使用的话会大打折扣，徒有流行语与小段子而没有"戏剧性"的揭示，这样的戏剧小品是快餐式的消费品，不会有人反复去看。如果我们回过头去审视经典戏剧小品，例如《警察与小偷》《三鞭子》《超生游击队》《当务之急》《杨白劳与黄世仁》就会发现，这些小品没有大量借用流行语与攒段子，但它们经典的戏剧性却创造了不少"流行语"。即便时过境迁，我们还会不时找这些小品来一睹而快。而近些年来春晚涌现的段子流行语小品，我们在笑过之后，却鲜有找来再看一遍的兴致。理解了这一点，我们就能回到情境张力、人物塑造、剧情构建、审美意蕴展示这些富有生命力的命题上，而不是只汲汲于用段子来装饰无生命的台词语言。

三、写作要点

由于戏剧小品是剧本写作入门的最佳进阶，为了更好地体现剧本写作的一般原理，故在写作要点的解析中，将按照"创意—主题—情境—场面—语言"这一基本创作流程来展开。同时，为了更好地凸显戏剧小品写作的特有规律，在这一基本流程的讲解中，将围绕着戏剧小品的创作来拈举例证，并结合其文体特征展开分析总结。

1. 创意种子的孕育

在剧作的最初阶段，总要先产生一个基本的意念即创意，有了这一基础才能进一步发展、丰富，最后生成一部剧作。那么创意种子该如何孕育呢？对此，杨健指出：剧本从构思到完成的创作过程就如同一颗种子的孕育、生长、成熟，是一个有着时间先后的线性的模型。

剧本创作线性模型：混沌→吸引子→种子→情境→情节→剧作

在这个线性模型中，从混沌状态到创意种子的形成，属于构思的孕育期；从创意种子到戏剧共时情境的建构完成，是构思的生长期；而通过共时情境的生长，长出历时的情节，则是创作的生长期；情节安排妥当，完成整个剧作则是构思的成熟期。[1]

---

① 杨健. 创作法——电影剧本的创作理论与方法 [M]. 北京：作家出版社，2012：21-23.

为了使这个一般性的剧本创作模型能更有效地运用于小品创意的孕育，我们可以结合杨健的论述，尝试加入一些操作步骤，使之进一步细化为如下的操作模型：

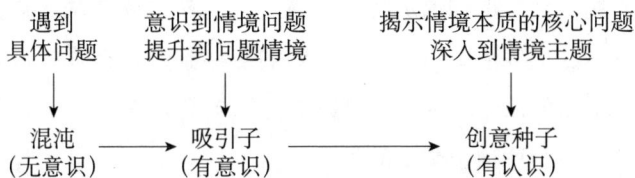

遇到 具体问题	意识到情境问题 提升到问题情境	揭示情境本质的核心问题 深入到情境主题
↓	↓	↓
混沌 （无意识）	→ 吸引子 （有意识）	→ 创意种子 （有认识）

根据创意学的原理，创意就是解决问题的主意。只有先发现我们自己，发现我们遇到的问题，才有可能找到解决问题的主意，才能找到创意。因此，创意生成的首要条件就是引入属于我们自己的"问题"。引入"问题"之后，将之与戏剧中特殊的要素——情境结合起来，即可孕育出剧作创意种子。我们可以用小品《当务之急》对这一模型进行赋值验证，看其是否有效。该小品的剧情内容是：某干部为了迎接上级卫生检查，要求下属打扫并关闭厕所，为保证落实，该干部在上级检查到来之前先行私访，不巧内急需要如厕，可每处厕所均已关闭，最后幸遇一间即将关闭的厕所，但管厕所的老太太以检查将至、情况特殊为由，进行各种阻碍，最后该干部自食其果，失禁裤中。该剧创意种子的生成大抵可以分解为如下步骤：

> 混沌：内急上厕所是生活的常态。
>
> 遇到具体问题：厕所用来应付卫生检查，不能用来方便。
>
> 吸引子：不能用来方便的厕所还是厕所吗？
>
> 意识到情境问题：这不是厕所的问题，是检查的问题。
>
> 提升到问题情境：注重形式的检查让厕所陷入不再是厕所的困境。
>
> 揭示情境本质的核心问题：形式主义作风。

在上面的模型与案例中，"内急却不能上厕所"这个"具体问题"是触媒，是生活无意识状态产生转变的契机；从"上厕所"到"卫生检查"这个"情境问题",则进一步意识到"具体问题"并非生活日常问题,开掘出了意义;而"厕所不再是厕所"这一"问题情境"则是一种虽然尚不清楚问题的根源但却"有戏"的困境;最后,当这一困境的本质——"形式主义"得到揭示时,情境主题自然也就明晰,创意种子也就孕育而成了。从生活中不能正常如厕的事件到产生创作一部揭露形式主义作风的小品的欲望,这一模型既能进行有效的分析,又可提供操作指导,可见它是创意种子孕育的强大武器。

小品是戏剧的轻骑兵,对当下的社会热点与生活问题关注尤多,例如《超生游击队》中的计划生育问题、《产房门前》中的重男轻女问题、《相亲》中的老年人婚恋问题、《羊肉串》中的职业道德问题、《不差钱》中的选秀问题、《扶不扶》中的社会公德问题等,皆深扎生活土壤,紧扣时代脉搏。这一取材特征意味着:从生活中遇到的具体问题去寻找小品剧作的创意种子不仅是可行的,更是极富针对性的,因为小品的文体特征最擅长的就是反映"问题"。由此,将丰富多彩的生活问题代入创意种子孕育的模型中,沿着"问题—情境—主题"深入,自然能源源不断地孕育出小品的创意种子。

当然,从构思的具体表现来看,思维通常是浑然一体的,不像上面的模型那样按部就班、清晰可分。在这个模型中,生活之所以能向创意进行转变,主要是"问题"与"情境"这两个要素起到了催化作用,故在运用时无须拘泥,抓住这两个关键步骤即可。另外,考虑到小品形制小,只能反映较为单纯的思想意蕴,无法宏大化、复杂化,为了弥补这一缺陷,小品的思想意蕴通常趣味化。因此,在运用"问题"与"情境"这两个要素时,通常一方面朝着荒谬化的方向开掘,这也正是戏剧小品以喜剧居多的原因所在;另一方面则朝着生活化的方向进行表现,这也正是戏剧小品显得小而具体的原因所在。以上这些特点是我们在进行小品构思的时候必须要注意的。

2. 主题的陈述

如果说一粒种子包含着成为一棵大树的信息,那么一个小品剧作的初始创意同样也是该小品的全息浓缩，它通过主题转化等方式形成营养输出的大动脉，最终给整个剧作带来生命。因此，对于剧作构思而言，创意种子孕育之后的下一个生长任务是剧作主题的陈述。

所谓剧作主题的陈述，即运用陈述语句将创意描述清楚，使之成为归纳戏剧动作的最小公分母，从而将创意转化为更具操作价值的主题。在主题拟写的过程中，浑然一体的剧作创意种子通常会由一分裂为二：内在隐含的价值判断（即思想主题）与外在显现的行动事件（即情节主题，也叫"一句话故事"）。裂变而生的二者的关系是：一方面，情节主题是为思想主题服务的，即之所以要讲述某一个戏剧事件是因为要表达某一种思想观念或价值判断；另一方面，思想主题只有通过人物动作所构成的戏剧事件（即情节主题）才得以体现，才不是空洞的口号，才能让观众有所触动。下表中我们援引一些戏剧（小品）为例进行说明。

戏剧（小品）剧作	情节主题（戏剧事件）	思想主题（价值判断）
《少奶奶的扇子》	一位声名狼藉但心地纯良的夫人暗中保护女儿的名誉免遭损害。	上流社会伦理道德观念的虚伪和社交界男女庸俗卑琐的生活状态。
《三块钱国币》	大学生杨长雄以三块钱的代价砸了尖刻的李太太的花瓶。	秀才遇到兵，有理讲不清。
《不差钱》	有才艺的草根上星光大道。	因为才艺，所以成为达人。
《张三其人》	一个不想得罪人的人总是不经意间得罪人。	我们总是习惯于将别人往坏处想。

在以上剧作中，情节主题与思想主题是互为表里、相互印证的。小品形制虽小，但同样遵循以上裂变原则。由此，根据情节主题与思想主题二者的显隐之别，戏剧小品主题的陈述可以通过以下两种方式实现：

（1）主题作为一种情节化的句子

主题情节化意味着需要通过一个主谓句对行动进行强调，使行动线变得明晰，同时又需要给这个主谓句添加状语或补语来说明行动的价值与意义，从而暗示思想主题。由于这样一个带状语（或补语）的主谓陈述句能将情节主题与思想主题联系起来，故通常被称为"目的句"。我们以小品《二嫂开店》为例，分解目的句的拟写步骤：

第一步：写下主人公（即动作的实施者，主语）的名字：
二嫂。

第二步：以简洁的词语概括主人公的动作欲望（即戏剧的行动，谓语）：劝阻饮酒。

第三步：写下对手（动作的承受者，即宾语）的名字：司机。

第四步：确定情感价值（即行动追求的目的，状语）：家庭
幸福。

第五步：目的句成形：为了家庭幸福，开店的二嫂劝阻司机开
车勿饮酒。

通过以上五个步骤的填写，我们得到了明确的一句话故事，故事的
内在意蕴也很明晰——幸福，故事的吸引力也很强——开店的人居然不
卖酒，也不许顾客喝酒，反常至极！由此看来，如果一个目的句能兼以
上三者之美，那么就是成功的。较之大型戏剧以及影视剧，小品相对简
单，目的句的拟写能较为清晰地反映出剧作的面目，而且拟写也较为容
易，是进行复杂剧本创作之前优良的基础练习。

（2）作为思辨性的悖论

如果说情节化的句子重在表现情节主题的话，思辨性的悖论则重在
表现思想主题。思辨性的主题从来都不是不证自明的，也不是单一存在
的，它通过两极化的关系昭示出来。在一个悖论式的陈述句中，包含着
人物（行动）的两难选择，构建出一种价值困境，形成了在性质上对这
一思辨性问题的超越。由此，思辨性的主题陈述通常由正、反、合三种
句式构成：正题（即主题以正面的方式表现出来）、反题（即主题以反
面的方式表现出来）在开篇相互对立而起，形成矛盾，最后合题（即主
题以剧作者的选择或态度倾向表现出来）在结局处点题而应，形成主题
意蕴的情感激荡。我们通过小品《英雄母亲的一天》来进行分解：

思辨性主题：真实的"世俗"vs虚假的"圣洁"

　　　　侯导要拍英雄母亲的"光辉"形象（正题：虚假的"圣洁"）。

　　　　英雄的母亲展现了真实的"生活"面貌（相应而生的反题：真实的"世俗"）。

　　　　母亲用计"骗"走了侯导（结局的合题：不真实的"美"是不受欢迎的）。

　　以侯导要拍英雄母亲的光辉形象作为开篇而起的正题，蕴含了剧情的铺陈，而以英雄母亲展现的真实的生活面貌作为相应而生的反题，带来了矛盾，自然也就引发了剧情的跌宕。在令人捧腹的"司马光砸缸"的虚假演练中形成高潮后，以母亲用计骗走侯导之后赶去买豆腐的结局作为思辨的合题，表明了剧作者的思想。也就是说，虽然主题表现为一种主观思辨，但同样也具备了一个有首有尾、有起有伏的故事形态。

　　以上两种主题陈述的方式各有侧重，但都能将思想主题与情节主题描述出来，且突出了二者之间的表里关系，能较好地促使剧作创意从思想意蕴向行动事件转化，促进剧作故事的完成。

　　对于小品编创而言，主题的确立意味着人物、行动、冲突、事件、语言的编写都有了一个明晰的纲领。只有主题明确了，后面的一系列工作才有路可循。始终围绕主题的方向前进，整个叙事进程才不会走弯路，不至于陷入不知所终的泥淖里。而主题能否用简洁的语句清晰地描述出来，这也正是衡量主题是否明确的重要手段。纵观各种成功的小品，它们的主题意蕴都能在台词中被清晰地概括出来，例如《主角与配角》中的"该干吗干吗去吧"；《红高粱模特队》中的"劳动的人是最美的"；《打扑克》中的"小小一把牌，人生大舞台。生旦净末丑，是谁谁明白"；《扶不扶》中的"人心要是倒了，咱想扶都扶不起来了"。这正是主题做到了清晰描述的有力证明。

3. 情境张力

　　当主题明确后，下一阶段的任务则是在主题的统领下组织戏剧情节，而情节的生成又是由人物的行动来展开完成的，那么如何使得人物展开行动呢？这就需要引入戏剧情境这一环节。

所谓的"戏剧情境"是指一种有定性的环境和情况，正如黑格尔所言，戏剧情境能"分裂"并"见出冲突"，因此这种有定性是促使人物进行行动选择的推动力，是戏剧冲突爆发和发展的契机，是戏剧情节的基础。为何戏剧情境具有这样的作用呢？戏剧情境又是怎样建构的呢？我们可以援引凯脱·戈登所设计的一个案例进行分析。

非戏剧情境：一个男子陷在峭壁下的泥沙里，正慢慢沉下去，四周无人，求援无门，难免一死。

戏剧情境：在原来的基础上增加一些条件——此人的兄弟手拿一根长棍，站在峭壁上表示，只要他说出一个重要的秘密，就可以救他的性命。[①]

为何增加了这些条件就是戏剧情境了？因为这些条件代表了三个重要的因素：

（1）一定的人物关系：二人既是兄弟（亲缘关系），又是生死对手（利害冲突关系）。

（2）一个重要的事件：秘密。

（3）一个特定的环境：两人的争斗是在足以致命的峭壁展开的。

这意味着戏剧情境的三要素是：人物活动的具体时空环境、特定的情况（尤其是会对人物产生重要影响的具体事件）、特定的人物关系。

需要指出的是，三要素的地位并不是均衡的，正如狄德罗所言，人物关系是戏剧情境的基础，它在三要素中最重要，时空环境与激励事件围绕着它而设置。为了使戏剧情境的张力更强，人物关系通常都不是单一的，而是多重关系纠结在一起。例如，小品《当务之急》中的男干部与厕管大妈在组织上是上下级关系，在厕所的使用上则正好反过来，是

---

① 徐闻莺，荣广润. 戏剧情境论［J］. 剧本，1983（4）.

被管理者与管理者的关系，这两种关系的错综与不均衡，使得矛盾生成，于是乎就有了"分裂而见出冲突"的潜在可能。又如，小品《姐夫与小舅子》中陈、朱二人的角色关系既是警察和小偷（执法者与犯罪嫌疑人）的关系，又是未来姐夫与未来小舅子（亲缘即将缔结，执法有所顾忌）的关系，围绕法与情这一对矛盾关系展开，自然有好戏。当然，情境中的时空环境与激励事件也是不可忽视的，否则情境张力的爆发力会受损。例如，小品《当务之急》中干部内急之际（时间）、别处已无可上之厕所（空间）、厕管大妈要闭厕（激励事件）这些要素共同作用于人物关系，戏剧情境最终才得以构建生成。这意味着情境三要素是主题生长的基点，是戏剧张力的支撑点，它们共同作用形成了戏剧的张力圈，进而成为统摄全剧的效应场。要想把戏写好，势必要找到一个好的戏剧情境才行。

在设置好戏剧情境之后，情境又是如何生成情节的呢？特殊的时空环境限定了主人公的特殊处境，加上一些特殊事件的诱发，使得原来单一平衡的人物关系变得复杂、失衡，就会产生促使人物采取行动的"力"来试图改变这种复杂、失衡的关系，这样就构成了一个能触发行动方向的戏剧情境，于是乎好戏开始了。行动带来的动势加上行动后面临的新境遇，再次通过人物关系作用于人物，人物只能再次行动。如此往复，直到最高点（高潮）释放所有的力，重新回到平衡关系，于是乎好戏结束。对此，我们可以用这样一个模型来概括：

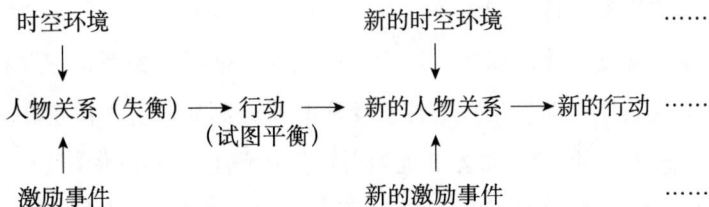

```
时空环境                     新的时空环境              ……
   ↓                            ↓
人物关系（失衡）──→ 行动 ──→ 新的人物关系 ──→ 新的行动 ……
              （试图平衡）
   ↑                            ↑
激励事件                     新的激励事件              ……
```

由此可以看出，从剧情发展的动态系统来看，情境其实也是有系统的，包括启动部分、展开部分、完成部分，用图示表示即是：

启动部分（情境）→展开部分（行动）→完成部分（发现与突

转以及结局）

与情境系统由三个部分构成相对应，情境相应地也可以分为三个层次：总体情境、阶段情境、具体情境。

一般而言，构成全剧情节的只有一个总情境，在这个总情境之上蕴含着一个总悬念，主人公只有一个贯穿全剧的完整行动。因此，总体情境是主人公自始至终置身其中的困境，它基本是不变的，从开场经由剧情的上升一直维持到突转发生的阶段。例如《哈姆雷特》的复仇，从开幕的父亲阴魂示警开始，哈姆雷特就处于父亲被害、他要复仇的总体情境中，这个总体情境一直影响着他之后的系列复仇行动，直到决斗高潮杀死克劳迪思为止。又如《不差钱》中的"上星光大道"，即是总情境、总悬念，也是一个贯穿行动。

阶段情境是人物在行动的不同阶段面临的境遇。与总体情境始终如一不同，阶段情境在戏剧发展的各阶段是各不相同的。例如，在话剧《你好，打劫》中，两个善良的劫匪、三个麻木淡漠的银行职员、数位唯利是图的"皇家FBI"与众多谨小慎微的市民，他们在序幕以及"求证""求知""求同"三幕中，遇到的具体问题都不一样，自然也就形成了不同的阶段情境。又如，《不差钱》可分为如下阶段：老赵因丫蛋忘带钱包而陷入缺钱的阶段、巧妙搞定小沈阳托住局面的阶段、受到小沈阳威胁后进退失据阶段、得到才艺展示的机会却面临小沈阳反客为主的竞争阶段，等等。这些不同阶段皆是在"上星光大道"这一总情境控制下的阶段情境的具体体现。

具体情境是人物之间在短暂瞬间形成的一种相互关系，它存在于语言和动作的具体空隙，是一个善于变化的量。例如，哈姆雷特在克劳迪思独自忏悔时是否利用机会报仇的艰难选择就是一种具体情境。又如，《扶不扶》中郝建看到摔倒的老人去不去扶的挣扎也是一种具体情境。

一般来说，总情境的作用是启动剧情引起冲突，具有第一推动作用，但人物一旦行动起来，总情境的作用就会减弱，能量就会逐渐损耗，为此就需要阶段情境与具体情境来补充危机感，增加矛盾冲突的力量。因此，一出戏能写多长，一方面与总情境爆发出的推动力有关，另一方面也与阶段情境与具体情境的能量补充有关。另外，如果说总体情境是局势的总布置，那么阶段情境与具体情境就是变局设计，因此要使得剧情丰富生动、摇曳多姿，就需要不断制造变局。也就是说，戏能写多长，能写多曲折，阶段性情境与具体情境这两个变量都有重要的决定作用。最后，人物的塑造主要与具体情境相关，性格越复杂，对情境的要求就越具体，需要提供的情境变化也就越多。因为人物的多侧面性格只有在不断变化的境遇中才能得到验证。如果把情境比作性格的试纸，一种情境就是一张试纸，要体现人物个性的丰富性就必须创造多样化的情境（即设计多张试纸）。[①] 受小品体量小之限，无法设计那么多的试纸，故小品的情境发育有着区别于大戏的特殊性：总体情境的总爆发力不如大戏那么强，阶段情境也不复杂，甚至没有总体情境与阶段情境，只有具体情境。即便是具体情境，也多集中于一个侧面，无法做到多面。因此，小品的主题意蕴比较具体、浅显，追求趣味，不求深刻宏大；人物性格重在生动鲜明，通常比较单纯，不求复杂。这是我们在设置小品的戏剧情境时要注意的。

4. 场面构成

作为一种共时结构，情境三要素最终要统一于戏剧场面中存在，因此当戏剧情境设计妥当后，接下来的任务就是戏剧场面的安排了。所谓的戏剧场面是人物在特定的戏剧情境中进行活动所构成的相对独立的段落，它是戏剧构造中最基本的时空单位，也是戏剧情节的基本组成单位。由于场面只是基本单位，普通观众一般不太关注，也不太容易划分，但也正因为它是基本单位，剧作者对它尤须注意，因为随着时间、地点的变换以及人物的上、下场，会带出新的行动，推动人物关系发展变化，从而推动情节发展变化。

---

① 张兰阁．戏剧范型［M］．北京：北京大学出版社，2009：31 - 38.

一般而言，戏剧场面不单个存在，需要和其他场面连缀，组成更有规模的时空层次，构成更大的、更明显的情节段落，最终所有的场面连接在一起，构成一出完整的戏，其构造的具体层级可概括如下：

场面—片段—幕（场）—全剧

受体量小之限，戏剧小品的构造不可能如此完备。正如孙祖平所指出的，戏剧小品的构造仅到"片段"这一层级，大多由六个场面组成，鲜有超过十个场面的。这些场面数量虽少，但互为因果，自成起讫，具有独立整一性。因此，小品虽只有片段化的构造，但又是独立、完整的戏剧样式。更为重要的是，这些场面的质地不同，作用也有所差别，具体包括：

必需场面：一种正反对立的命题，情节拥有实质性的对抗，冲突处于紧张、危机和转折时刻，展现主要剧情。

过渡场面：一种单向说明的命题，场面不具有实质性的对抗，主要起介绍交代作用，酝酿矛盾，为对抗做铺垫。

高潮场面：具有转折意义的必需场面，起到爆发的作用。

升华场面：一种诗意的命题。它的表象类似过渡场面，但不起介绍、交代作用，主要表现冲突后的和谐，使情感与意念得到升华。①

在以上四种场面中，第一种是小品构造中不可或缺的；第二种是小品构造中力争减省但也是常见的；第三种是小品构造中发育不饱满，表现不明显的，通常易被当作必要场面来对待；第四种则是需要的时候才会出现，是较为少见的。为了更好地说明这些场面的差别，我们可以援引孙祖平对《大米·红高粱》的分析为例说明：

歌舞团大院，演员练美声，老乡吆喝"换大米"，互相干扰串调。（必需场面）

---

① 孙祖平. 戏剧小品剧作教程 [M]. 北京：中国戏剧出版社，2009：38-40.

团长上场，演出临时改唱《红高粱》，唱美声的演员找不到通俗的感觉，团长让他去找一个破脸盆。（必需场面）

老乡与团长套近乎，兜换大米。（过渡场面）

团长敲脸盆，让演员往破里唱，演员仍是唱不出破嗓子的感觉。（必需场面）

老乡见状，经不住用《红高粱》曲调唱起"换大米"，团长让老乡试唱，老乡拿扫把当话筒，大过唱瘾。（必需场面或高潮场面）

团长让老乡登台演出，让演员推车帮老乡换大米。（必需场面）①

该小品除了缺少升华场面外，其他场面皆有生动体现：其中最主要的场面是必需场面，每个必需场面都推进了剧情；第三场套近乎的过渡场面虽然没有直接推动剧情发展，但却能避免老乡因长时间在舞台上无戏而陷于干立状态，故得以保留；第五场过唱瘾的场面，有一定的宣泄作用，也能极好地调动剧场效果，属高潮场面，但因小品形制小，展开不够，高潮发育不够，故视为必需场面亦可。至于升华场面，在小品《三鞭子》之末赶驴老人、县长、司机喊着昂扬的号子抬车这一场，在小品《红高粱模特队》之末载歌载舞的时装表演这一场，皆是典型例证，可参见。

由于戏剧舞台在时间及空间上的局限性，在戏剧场面的安排上应善于根据需要来精选。具体而言，就是根据主题的需要来安排，即要有统一性；重点展开的场面要能展示独特的人物关系和深入地揭示人物的内心世界，即有揭示性；场面与场面之间的连接与转换要有内在的逻辑性，即有合理性。除了以上基本特性外，因戏剧小品的小而形成的片段化构造则提出了进一步的要求：尽量减省过渡场面，力争扩展剧情容量，加快小品节奏，从而避免冗余、拖沓。因此，小品的构造呈现出鲜明的必需场面化的特色，甚至有的小品全由必需场面构成，例如《手拉

---

① 孙祖平．戏剧小品剧作教程［M］．北京：中国戏剧出版社，2009：41．

手》《姐夫与小舅子》《主角与配角》等。总之，小品编创需精心设计必需场面，精化控制过渡场面，想方设法将过渡场面改造或转化为必需场面，从而使得小品剧作结构精炼不松散，节奏明快不拖沓。

5. 语言风格

较之戏剧小品的其他部分，小品台词语言通俗、生动、幽默的风格是最吸引人的。回顾历年春晚，可以发现这样一个有趣的现象：几乎每年都有小品台词成为流行语。例如 2009 年《不差钱》中的"这个可以有"和"这个真没有"，2002 年《卖车》中的"忽悠，接着忽悠"，1989年《英雄母亲的一天》中的"司马光砸光"等。小品台词的语言之所以能有如此奇效，除了遵循戏剧小品台词语言口语化、动作化、性格化等基本特征外，也有自己的秘密武器。

（1）结构上通常蕴含"大（正）小（反）"的组合

小品语言通常借用类似相声制造包袱的手段，把语段分成一个或几个"大—小"否定结构。"大构成"在前，通常由较多的语句构成，句式较长，摆开架势做铺垫；"小构成"在后，通常只用一句话对前面铺排的内容进行彻底否定，简单明了却出乎意料，仿佛不经意间釜底抽薪。大小构成之间差距拉得越大，张力就越大，效果就越好！① 例如：

> 黄宏：华夏有限公司名义顾问，神州无限公司名义经理，联合跨国公司名义董事，国际环球公司名义指导……
> 侯耀文：你别念了，别念了，他具体是哪个单位的？
> 黄宏：电话：6785423，请胡同的刘大妈叫一声。
> 侯耀文：公用电话啊?!……

> 《打扑克》

又如，老两口夸主持人：

> 大妈：都夸你呢，说你主持那节目可好了！

---

① 孙祖平．戏剧小品剧作教程［M］．北京：中国戏剧出版社，2009：193－194.

主持：怎么说的呀？

大妈：就是人长得磕碜点。

大叔：你咋那样！

大妈：说实话么！

大叔：瞎说啥实话。对不起，她不是那个意思，我老伴说那意思是都喜欢你主持的那节目，全村最爱看啊，那家伙，说你主持有特点，说你一笑哭似的。

（《昨天·今天·明天》）

这种组合结构，在组成上只有两个要素，较为简单，易于操作，经济简便，又能出乎意料，效果良好，是小品台词写作中不可或缺的。需要指出的是，这一结构虽然能带来笑声，但如果单是为了笑而设置的话，又会流于肤浅。因此，这一结构在笑的背后，通常还有更深的揭示意义。例如，《打扑克》中这一结构的运用，并不只是为了引人发笑，还揭示了时人好虚名之俗。又如，《昨天·今天·明天》中这一结构的运用，在笑声的背后刻画出了既憨直又实在的类型化的东北农民形象。

（2）风貌上，通常使用上口段子

上口段子即俗称的"顺口溜"，在相声中则称为"贯口"，它类似于诗，但又更为通俗。它在文字使用上较为经济凝练，可大大缩减戏剧的叙事过程，有直奔主题之便；在韵律表现上押韵上口，富于韵律美；在表达效果上通常能带来逗笑之趣，具有较好的剧场效果。在大型戏剧以及影视剧作中，并不注重使用上口段子，但在戏剧小品中尤为注重并善于运用上口段子。例如小品《装修》开篇的上口段子——"鸡年大吉我买了新房，买了新房我装修忙。装修的程序都一样，家家户户先砸墙"，无须步步铺陈即可取得"开题"之效。又如小品《相亲》中的上口段子——"兴他们年轻人亲亲热热，又搂又抱，老年人就得干靠"，寥寥数语即可塑造一个渴望温暖情感的老鳏夫形象，表达了老鳏夫备受压抑的情绪。

除了上口段子外，近年来，源自网络的各种段子频频出现在小品中，这也可以视为上口段子的另外一种表现，例如 2010 年春晚小品《一句话的事》就被指严重抄袭段子。有人甚至总结说，三个段子外加一些其他要素，一个小品就成了。其实不单小品，相声（例如 2014 年春晚相声《说你什么好》）、电影（例如 2014 年冯小刚的电影《私人定制》）、电视剧（例如时尚电视剧《爱情公寓》）等剧艺形式都喜好使用网络段子。关于影视剧使用段子导致"小品化"的问题，我们暂且抛开不论，若仅就戏剧小品与段子的使用来看，小品在这方面还是有先天优势的。很多段子既搞笑又跟老百姓生活息息相关，这与小品的文体特征与审美风貌是非常契合的，故小品在网络段子的使用上更为自由，这也是近年来小品几乎没有不使用网络段子的原因所在。但即便如此，使用的时候还是要注意适度与契合性，否则会损害小品的艺术性。例如，2010 年春晚冯巩的小品《不能让他走》几乎是每隔几秒钟就会出现网络流行语或段子，例如"我是雷锋的传人，我叫雷人""我就是打酱油的""老爷子唱的不是歌是寂寞""别崇拜哥！哥只是个传说""我妈喊我回家偷菜呢"，等等，使用太过频繁，缺少了层次感，也就容易流于浅滑了。

四、写作训练

1. 寻找剧作创意的训练

契诃夫曾说过：独幕剧应该写荒唐事，独幕剧的力量就在这里。这对你进行小品剧作创意的孕育有何启发？请你将近期生活中遇到的问题罗列出来，结合前文所阐述的小品剧作创意孕育的原理以及契诃夫所言，与你的伙伴逐一讨论、分析，看看其中哪些问题有可能孕育成为剧作创意。

2. 场面写作训练

请以 2014 年春晚小品《扶不扶》为例进行场面分析，该小品由几个场面构成？这些场面类型分别是什么？这些场面是如何构成一部小品的？

3. 小品续写与改写训练

2014 年开心麻花创作了一个小品《同学会》，该小品与当下公款吃喝问题紧密相关，直指贪污腐败。请以《同学会》为题，结合当下的新情况，对此小品进行续写；或结合你对生活的新理解，依旧使用同学聚会的题材，但改变主题，对该小品进行改写。

延展阅读

一、推荐书目

1. 张兰阁 . 戏剧范型：20 世纪戏剧诗学［M］. 北京：北京大学出版社，2009.

2. 孙祖平 . 戏剧小说剧作教程［M］. 北京：中国戏剧出版社，2006.

3. 陆军 . 编剧理论与技法［M］. 北京：中国戏剧出版社，2005.

4. 谢旭慧 . 喜剧小品语言幽默艺术［M］. 广州：暨南大学出版社，2009.

二、补充阅读

请扫二维码，以进一步了解戏剧情境系统、情境张力圈等方面的知识。

（一）关于情境系统

（二）关于情境张力圈

第二节　电影剧本

一、文体界说

在影视剧的创作过程中，实际上存在着三种不同的剧本：文学剧本、分镜头剧本（或称为"导演工作台本"）和完成台本。

文学剧本通常由编剧完成，主要是为影片提供基本故事情节和人物关系，明确影片的主题、情节、人物性格和风格样式，可以称之为"影片创作的施工蓝图"。

分镜头剧本是导演在文学剧本的基础上，按自己对未来影片的画面和场面调度的设想，写出的用于拍摄的台本。它可以细致到镜头的分切和单个镜头的拍摄方法，也可以只是在文学剧本的基础上加入导演的理解，具体由导演的习惯而定。

完成台本是电影制作完成之后，由场记根据已经成片的电影，将其中的一切技术与艺术内容（如场次、镜号、拍摄方法、场面调度、人物对话、音响音乐以及长度等）完整地记录下来的台本形式。

以上三种剧本形式体现了剧作在从案头到屏幕的变化过程中，出于实践的需要而发生的变化。人们通常所说的"电影剧本"都是指第一种情况，即由编剧完成的剧本。

二、文体特征

正如悉德・菲尔德（Syd Field）所总结的，电影其实就是用画面来讲故事，与之相应，电影剧本呈现出叙事性与造型性两个鲜明的特征。

1. 叙事性

既然电影是讲故事的艺术，那么电影剧本呈现出叙事性也就是自然而然的了。例如，冯小刚的电影剧本《大撒把》讲述的是一对留守男女在留守期间发生的一段欲理还乱、有因无果的情感故事，这是电影剧本的叙事性在整体上的体现。除了整体外，在电影剧本的细部，即大部分的场景写作中，也都有鲜明的叙事性，例如《大撒把》的第一场：

机场 日 内

一架巨型客机从候机大厅的窗外徐徐滑过。飞机尾舵上的枫叶图案在斜阳中泛着红色的光泽。

几个金发碧眼着天蓝色制服的空中小姐挂着常备不懈的笑容平端着肩膀袅袅地从候机大厅中鱼贯而过。

倚在窗前的顾彦欣赏着在人群中时隐时现的蓝色身姿感慨："我说这机票怎么那么贵呢，就冲这堂儿小妖精也便宜不了。"

"贵？那得看对谁说了，"顾彦妻手持小镜子一边修整妆容一边左顾右盼，"你别忘了，我坐的可是国际航班。人家不是为咱中国人定的价儿。再说了，半截还放电影呢，没经过审查的。"①

这场开场戏虽然只是机场里的送别片段，但顾彦的心不在焉与顾妻的兴奋不已，还是极富叙事性，开启了后面故事的讲述。由此看来，要写好电影剧本，首要的是讲好故事。

2. 造型性

由于电影是通过拍摄而成的画面来讲述故事的，造型表现是电影剧本的鲜明特征，这意味着编剧创作时不能停留在文学思维层面，剧本中那些类似于"跌入痛苦的深渊"之类无法拍出来的字句是没有实际意义的。尤需指出的是，文学剧本如果写到分镜头的地步，一则过于琐碎和

---

① 冯小刚，郑晓龙．大撒把 深情喜剧集［M］．北京：中国电影出版社，1994：1.

技术化，会削弱它的情节叙述与情感传达功能，二则也很不利于发挥导演的创造力。由此，编剧在创作电影剧本的时候，一方面必须运用电影思维（也称为"银幕思维"），必须具备造型意识，必须通过"摄影机的眼睛"来进行构思；另一方面又要做到在尽量不用或少用电影术语的情况下也能将画面叙述清楚，即不用分镜头剧本的方式也能描述画面，例如电影剧本《啊，无声的朋友》的第三场：

> 满洲　旷野　夜
> 随着尖厉的汽笛声，火车头迎面而来。
> 前灯刺目的光芒。
> 火车在轰隆轰隆的车轮声中掠过画面。
> 绵延不绝的黑色货车车皮。①

编剧铃木尚之在该场景中写了四段文字，每一段文字描述都是一个"镜头"：第一段暗示了声音与角度，第二段暗示了用光、角度以及景别，第三段则暗示了景别、角度、声音，第四段则暗示了镜头的长度。此外，我们在电影剧本《金色池塘》中老教授摘草莓的段落里，也可以找到类似的"摄影机的眼睛"的构思：或仰（如"诺曼抬头望着画外的树顶"），或俯（如"寻找草莓"），或摇（如"打量着四周"），或推（如"朝树林深处走去"），或跟拍（如"惊慌失措地在树林里奔跑"），或做画面构图的处理（如"诺曼从左边入画，跑到右边一根倒下的木头跟前"）。通过这一系列不同景别、不同构图、不同运动形式的镜头所造成的压迫感、恐惧感和悬念感，描写了暮年老教授的痛苦、惶惑的心情。② 但聪明的编剧却没有使用任何电影术语，体现了创作中纯熟的电影思维。

三、写作要点

电影剧本的写作，若仅就细部而言，貌似是一个个场景的写作，即

---

① 桂青山.影视剧本创作教程［M］.北京：北京师范大学出版社，2009：294.
② 汪流.电影剧作：教学、创作及理论［M］.北京：中国电影出版社，2004：23.

只要把一个个写好的场景连缀起来就是一部电影剧本。但实际情况是，剧本的写作并非只是简单的文本创作，还涉及面向制片人的营销，面向导演与演员的合作等。因此，要确保电影剧本写作这一复杂繁重的任务得以顺利完成，我们需要明确自己的任务是什么，需要知道如何借助梗概来赢得制片人的青睐，需要草拟大纲（包括分场提纲）来引导我们，最后借助具体的场景写作将我们的构想逐一实现。

1. 剧作者的任务：提供一个好故事

较之戏剧小品，电影是更为复杂更为烧钱的艺术，通常制片人考量一个电影剧本是否具有投拍价值的首要因素，就是看剧本是否提供了一个好故事。那么对电影而言，怎样的故事才是好故事呢？设计好故事该从哪里起步呢？

（1）内核的开掘：从情感驱动开始

如果说故事的本质是事件，那么对于电影而言，好故事就是具有强烈情感驱动的事件的集合，即好故事的本质是事件背后引人大笑或者引人大哭的情感内涵。因为只有这样才能让观众买票进场而又不中途退场。我们试以电影《姐姐的守护者》为例进行分析说明。这部影片讲述了这样一个故事：

女儿得了白血病，需要骨髓移植，但夫妇俩的骨髓却与女儿不匹配。于是，按照医生的意见，他们可以再生一个孩子，如果这个孩子能够匹配女儿的身体要求，那么就等他/她长大之后实施骨髓移植，拯救女儿的生命。小女儿生下来之后，其骨髓恰好与姐姐匹配成功。但是，小女儿数次捐献骨髓都未能彻底治好姐姐，现在要做的就是不断做手术。然而，小女儿逐渐长大，她认为父母没有权利决定如何使用自己的身体，她攒钱聘请律师，把父母告上了法庭……

这部影片所讲述的故事之所以好，是因为它包含了丰富而激烈的情感含量：她如何对待自己的父母？如何对待自己病入膏肓的姐姐？是爱还是恨？她如何才能背叛亲人之爱，做出拒绝捐赠的决定？最终又如何与父母、姐姐相处？故事表面上是主人公处理是否继续捐献骨髓的问题，实际上是主人公处理上述情感问题，而这些问题都是我们关心的问题。

现在我们清楚了，要写好一个故事，真正要关心的不是事件本身，而是事件背后的情感驱动，是什么情感驱动主人公如此行动。因为只有这样，我们才能吸引观众的眼睛不离开银幕，使观众的身体不离开座位；只有这样，制片人才会给编剧将创意变成故事、将故事变成电影的机会。所以，我们给试图进入电影剧本创作的各位第一个建议：从情感驱动入手，分析你的主人公的情感，他最大的愿望是什么？当你找出他的情感驱动的时候，你的故事就有了成为好故事的灵魂。

（2）技术的实现：从难题开始

前面我们已经明确了好故事之所以好的秘密是情感驱动，那么接下来该如何落笔，从哪里开始将我们找到的好故事写出来呢？这其实是一个技术实现问题，我们借电影《投名状》进行分析说明。

影片一开始，庞青云从尸体堆中爬出，他的队伍全军覆没，作为将官，他选择生还是选择死？这个难题摆在了他的面前。女子连生用女性的温柔重新唤醒了他活下去的勇气。重新活过来的他，实现政治抱负的愿望也变得越发迫切。然而，官场一时是回不去了，为了生存，他只能与两个山大王结义，他要带着这支队伍完成自己的理想。然而，结义的那一刻，他把一顶绿帽子扣在了自己的兄弟头上——连生是他兄弟的女人……

于是一系列问题出现了：生还是死？要兄弟还是要女人？要功名还是要义气？由此我们可以得知，对于电影而言，好故事是这样开始的——让难题一开始就出场：十分钟内就摆到主人公面前。这些不得不过的坎，有的像炮弹，已经炸响，逼着主人公不得不立即应对；有的像地雷，隐隐地威胁着主人公。

现在，让我们来总结一下。如果你开始不了你的故事，或者觉得开启的不是好故事，那么你就应该让你的主人公在第一节（幕）就遇到

"突然……"。突如其来的难题让你的主人公陷入选择的困境，好故事的序幕就揭开了。如果你的主人公突然失恋了，突然失业了，突然失明了，突然……恭喜你，主人公的灾难就是你的幸运，你的故事开始了！

（3）进程的设计：让暴风雨来得更猛烈些吧

我们已经能抓住笔下的主人公的情感，他被心中的欲望所驱动，他被面临的难题所折磨，好故事已经开场，现在的关键问题是：你的人物如何保持这种情感和生活上遇到问题时的张力？如何让读者（观众）继续关心、关注下去？在故事的展开部分，我们应该怎么做？方法其实很简单，就是让你的主人公所面对的难题继续恶化成为困境，困境变成绝境，绝境变成死穴，一直到无法解决，无法缓和，似乎要彻底崩溃了为止！

趋利避害是人的本能，作为编剧，不敢展开矛盾，怕收不了场，这是一种自然的反应，但这种反应会让人物沿着压力小的方向行动，避重就轻，让人物和稀泥，就这样一步步地回避矛盾，慢慢地淡化矛盾，故事也就变得平淡乏味。这样是无法将好故事继续编下去的，也是不可能成为好编剧的。要成为一个好的编剧，就必须和这种自然反应作战，要克服你的胆怯——这个时候，你会害怕，害怕娄子捅大了，解决不了。不用害怕，在故事的展开部分，你只有一个目的，让你的人物越来越决绝地走向似乎是必然的失败，让读者感觉情势越来越紧张，几乎没有办法解决。就像电影《功夫熊猫》把那只熊猫折磨得够呛一样，任何一个人在成长过程中需要经历的艰难困苦，这只熊猫几乎都经历了一遍，一直到它陷入绝望（师父决定自己对付雪豹，让阿宝和他的那几个高徒带领和平谷的谷民逃亡）。

总之，在你的故事的展开部分，要让你的人物面对的难题越来越严重，你越是希望他得到好运，就越是应该让他遭受折磨，把他往你要的结局的反面去推，推得越远越好，让他自己觉得自己已经失败，让观众也觉得他失败了，无可挽回了。若说得更直白，就是在展开部分至少要写出难题的三个发展：发展成困境，发展成绝境，发展成死穴。只有这样才能试炼人物的内心，逼迫人物行动，展现超乎常人的情感境界和意志力量。只有这样才能使已经开始的好故事继续沿着好故事之路走下去。

（4）结局的设计：峰回路转

当故事走入绝境与死穴的时候，接下来的问题是该如何收场？我们前面说过，编剧的基本功是让人物遭受折磨，是逆着人物写——你写他是个英雄，就先让观众觉得他是个狗熊（如《功夫熊猫》），这是基本的编剧技巧。其实，设计结局的方法也是一样的——逆着写。因为一开始，观众就在和你比拼智力，你的一路"倒行逆施"让他们的预测都失败了，最后终于到绝境了，你没有回旋的余地了，他们自认为就要猜出你的底牌了，你能在最后输给他们吗？就像俄狄浦斯追查到最后，发现罪魁祸首居然是自己，从而引发剧情大逆转一样，戏剧高潮之际的发现与突转原则在电影中同样适用。你设计的绝境不能是顺其自然的绝境，你可以装得像要被他们猜对了，但绝对不能真让他们猜对。比如，那只熊猫的确是陷入绝境了，它逃跑了，观众差不多要让你蒙过去了，他们将信将疑，以为你是真的要让它失败。面对这样的主人公（遍体鳞伤，心灰意懒），面对这样的观众（将信将疑，智力超群地等着你让他们猜中结尾），此时编剧必须责无旁贷地让剧情逆转，要让你的观众入乎其中而出乎其外但又在情理之中。正因如此，《功夫熊猫》让熊猫在逃跑途中突然悟出了武功的真谛，它相信了自己，勇敢地回去战胜了大龙！这真是一个值得我们学习的好故事的奇妙结局。

2. 故事的成形：故事梗概、剧本大纲、分场提纲以及场景写作

有了故事创意，把它写出来，把它卖出去，每一步都需要借助写作来使之顺利进行，而非中途夭折。具体而言，以上步骤要涉及的写作主要包括：

（1）故事梗概

对于编剧的创作而言，故事梗概就是剧情构思的概要。对于剧本营

销而言，故事梗概就是意念的推销与题材内容的简述。电影公司在物色剧本时，往往先要剧作者给出故事梗概，作为决断和取舍的依据。因此，构思出了好故事之后，还需要通过故事梗概让制片人认为剧作者已经找到了一个适合拍成电影的故事轮廓。在竞争激烈而注重创意的好莱坞，故事梗概有时甚至会被极端化地浓缩为一句话，即"一句话故事"。例如，格里芬·米尔（《大玩家》的制片人）常被好莱坞的编剧拦住兜售故事，对此，他总是说："给你 15 秒钟，讲 30 个单词。"这个时候，一句话故事决定了你的创意种子是否能赢得继续生长的机会。当你能把《尖峰时刻 3》这样的故事浓缩为"东方最快的手与西方最多话的嘴一起去办案"的时候，我想再挑剔的制片人也不忍拒绝你的。

当然，多数制片人为确保投资的可靠性，还是愿意看完整的故事梗概的。此外，中国影视剧审查制度要求提供完整的梗概，通过审查后才能获得拍摄许可。由此，完整梗概的写作通常成为剧本写作的第一关。那么完整的梗概究竟是什么样呢？2014 年第四届北京国际电影节甄选了一些值得投拍的优秀电影项目，其中《花街往事》的故事梗概如下：

> 这是一个 80 年代的故事。
>
> 鳏夫顾大宏以亡妻的名字开设了蔷薇街第一家私营照相馆——苏华照相馆。女儿小妍和天生歪头的儿子小山跟着他住在这条街上。
>
> 顾大宏跟离婚女子关文梨产生暧昧，诸多阻力使两人分分合合，非常纠结。西洋舞风靡戴城，顾大宏意外开启跳舞生涯，关文梨也加入了跳舞一族，舞伴却不是顾大宏，由此引起了舞场上的一系列争斗。两人终于和解后，顾大宏却被关文梨出狱的前夫"强盗"打伤，关文梨愧疚地离开戴城。顾大宏阴错阳差成为著名摄影师，在外地采风时在舞厅偶遇关文梨，两人再次起舞。
>
> 女儿小妍美丽叛逆，从小偷东西惹了不少麻烦，中学时在迪斯科舞场遇到宾馆门童陈勉，同时交了远在北方的笔友牛莠。小妍成为了蔷薇街第一个大学生，追求她的这两个男生，却阴错阳差地在

同一个夏天犯了罪，坐牢。

儿子小山天生残疾，自卑，忧伤，游荡在布满河道的戴城，他幻想成为捞尸人。小学同桌罗佳三次出现在他的生命中，从童年到少年，成为他一生的光明所在……①

故事梗概的写作没有固定的写作格式，只要能简洁明晰地概括剧情内容，同时又能让制片人（或导演）畅读时感觉眼前一亮，有助于推销剧本即可。而"眼前一亮"的实现，既有共同的原因，也有因人而异的理由。所谓共同的原因，即前文所述的关于好故事的诸种要求，它可以是复杂的人物关系（例如顾大宏以及围绕着顾大宏而产生的诸位人物之间的关系）、激烈的矛盾冲突（例如围绕着顾大宏的爱情、亲情而发生的诸种波折）、具有吸引力的行动（对亡妻的纪念与离婚女子的暧昧），等等。所谓的个性原因，可能会与导演（或制片人）以及时代的审美趣味相关，例如《花街往事》所蕴含的怀旧与忧伤的情绪，显然对喜好文艺片的导演（或制片人）更具吸引力。同时《花街往事》展现的"往事"风貌，又与迅疾发展的当下以及让人迷失的时代形成了鲜明对照，从而具有特殊的讲述价值。总之，故事梗概的写作，要注意以下两点：一是要成形，即把故事说得简明清晰；二是要提鲜，把故事的趣味与风格提炼出来。这样既利于故事的售卖，也便于剧本的写作完成。

（2）剧本大纲

如果说故事梗概因更偏重于剧本推销而在写作时要更多地展现出吸引人眼球的魅力的话，那么剧本大纲则显得较为实在，是为故事的明确成形而作。剧本大纲通常明确地规定了故事走向中的重要节点，丰富了其他人物对故事的推动作用，一些重要的细节有比较完备的设置与处理，是剧情构思更为细化的体现，它的篇幅通常以 1 000～2 000 字为宜，内容主要涉及以下几个方面：

---

① 阿目．入围第四届北京电影节优秀项目故事梗概 ［M/OL］．http：//www.pmovie.com/thread-27863-1-1.html.

①主题：通常用简略的文字说明故事之渊源、中心思想、时代意义等。

②主角及人物关系：主角是谁？用列举或其他方式说明其性别、年龄、性格等；主、次人物是何种关系？

③主要情节：主角的"计划"（即戏剧性需求）及主导动作是什么？阻力、冲突、危机、高潮、结局分别如何？

④矛盾冲突：主导动作碰到的障碍是什么？形成对立的是什么？

以上诸点通常以打散的方式融入到剧情的描述中，为了更好地说明以上内容，我们援引《克莱默夫妇》的剧本提纲来窥见一斑：

在我们最没有准备的时候，生活突然给了我们一击。

一座位于纽约市的中产阶级的公寓。温情的家庭时刻。是吗？乔安娜在哄儿子比利睡觉，她好像有心事。

泰德在广告公司工作，经常加班。老板要给他升职，泰德很高兴。与此同时，乔安娜在家收拾行李。一个是因工作而得意的丈夫，一个是在家悲伤的妻子，两个人即将发生冲突。

泰德带着好消息回到家里，乔安娜却说她要离开他和他们的孩子："没有我，你会过得更好。"泰德试图留下她，但乔安娜还是走了。

泰德对着邻居菲尔普斯大发牢骚："你难道不知道她这样做的后果吗？"菲尔普斯冷冰冰地说："她破坏了你这一生最好五天当中的一天。"

比利醒来后问妈妈在哪儿。泰德要"像妈妈"一样烧法式早餐，这令他既抓狂又有点害怕。泰德错误地把自己遇到的麻烦向老板倾诉，老板重新考虑要不要把这个重要的职位给泰德。随后，泰德收到了一封来自乔安娜的信，说她不会再回来了。

泰德把家里与婚姻记忆有关的相片、衣服等全部清理掉了。他鼓足勇气迈入了"颠倒的世界"，不过，他没有完全意识到他的生活将会大变样。

在泰德与比利之间，泰德慢慢地放弃了他自私的生活方式，懂得了如何把另外一个人的需要摆在首要位置。邻居菲尔普斯的丈夫离开了她，她将为泰德和比利的独立生活提供帮助，同时帮助泰德理解乔安娜为什么不高兴。

没有了乔安娜，泰德和比利的生活一片茫然。比利感冒了，他想妈妈，并责怪爸爸，故意耍性子来考验泰德。不过，这对克莱默父子仍然过上了正常的生活。他们在晚餐时一起阅读，开始是一阵沉默，然后就讲起了一群人进出洗手间撒尿的笑话。生活中仍有不少挑战：比利参加了一个生日晚会，泰德接他时来晚了，比利很生气。在没有得到爸爸同意的情况下，他买了冰淇淋吃，故意气泰德。泰德从公司带了一个女同事回家过夜，比利在过道里撞上了这个赤身裸体的女人。

父子的日常生活变得愉快起来，关系也更亲密了。泰德教比利骑自行车，一切看上去都很好，即便是比利遭遇意外被送进医院也"幸福"收场。菲尔普斯告诉泰德他干得不错。乔安娜打来电话，泰德认为她想破镜重圆，于是便约她在一家咖啡馆见面。乔安娜却扔下"重磅炸弹"：尽管她自从离家后从没有来看过比利也没有和比利说过话，但她想要监护权。

泰德的律师告诉他这个官司很难打。就在这时，泰德被解雇了，这对于他来说是最糟糕的时刻。由于失业，他肯定会失去比利。于是，泰德在圣诞节期间仍在找工作，他"只要工作"，自愿减薪以吸引未来老板的注意。

泰德准备好了打官司，但是遇到一个麻烦：他得知乔安娜有探望比利的法律权利。这样一来，他将同时失去妻子和儿子，比开始失去妻子还糟糕！

在纽约中央公园，泰德放开了比利的手，他看见孩子高兴地投入妈妈的怀抱。

官司开始了，进行得很艰难。庭审中泰德发现乔安娜有了新欢，而菲尔普斯站在了泰德这一边。

最后泰德发言，争取他"男人的权利"，表达他收获的人生道理。"我不是一个完美的父亲，但是我在努力，我们共同建立了我们的生活。"尽管这样，乔安娜仍然赢得了诉讼。在家里，泰德和比利一起做法式早餐，但这可能就是最后一顿早餐了。

乔安娜来接儿子，令泰德惊讶的是，乔安娜告诉他比利可以留下来。[①]

总体而言，大纲的编写要清晰有序，要生动有趣，要简洁有力，要简短地说出故事的原委、人物的性格、时空的交代、情节的发展、冲突的高潮、悬疑的力量，等等。因此只宜抓主线，而不能去纠缠细枝末节，笔触应简洁洗练，叙述要有条不紊，描写须生动感人，结构宜紧凑有力。

（3）分场提纲

故事大纲的完成意味着故事框架的确立、结构的形成，接下来需要着重考虑的就是故事的造型形态，即用视听手段来展现叙事内容的问题，这一问题通常以场景设计的方式来解决。考虑到电影故事较长、场景较多、牵涉较广，直接进入具体的场景写作编剧既容易迷失，也加大了写作的困难。因此，较为合理也较为常见的做法是：由故事大纲进一步细化为分场提纲，然后再进行具体的分场场景的写作。也就是说，写分场场景提纲的作用就是将故事大纲中的内容分解落实到具体的场景中去，在每个场景单元中写清楚它所包含的事件或动作的梗概，为下一步更具体地写成剧本场景打好基础。

通常一部90分钟左右的电影的场景数为90～120场，即每场约为1分钟，当然重点场面会较长，次要场面会较短。那么这些长短不一、轻重有别、作用不同的场景，是如何设置出来的呢？就整体而言，主要是在剧作主题与故事大纲的统摄下形成的。具体而言，它是在场景目标的

---

① 拍电影网. 故事梗概与剧本大纲的区别［M/OL］. https：//www.douban.com/note/321790-931/？type=like.

控制下形成的。由于剧作是一个统一的整体，因此所有的分场场景的目标都是推动叙事前进，但不同场景又有各自具体的目标：是为了故事进展而进行铺垫？还是为展示矛盾而设计冲突？或是为了刻画人物？或是形成高潮？或是为了抒情？林林总总，不一而足。例如，电影《甜蜜蜜》中有这样一个场景：除夕夜，黎小军和李翘在小屋里吃馄饨，李翘告别时，黎小军找出自己的旧棉衣给她穿上，他笨拙地帮她系纽扣，李翘往后仰，想避开他额前的头发，两人的视线在一刹那间相遇，终于抑制不住内心的感情，紧紧拥抱在一起。之所以设置这样一个场景，一方面是受"甜蜜蜜"这一爱情故事主题控制的，另一方面两人的情感需要一个契机来打破"尴尬的窗户纸"状态，故而需要设置这样一个情不自禁的场景。因此，场景是否应该存在以及以怎样的方式表现出来，都是由场景目标来决定的。这就要求剧作者在撰写分场提纲的时候，要明确设计每一个场景的目标是什么。

撰写分场提纲时，除了要明确场景目标外，还需要了解不同的场景类别所起到的特殊作用。一般而言，场景的类别大致可以分为如下几类：①交代场景。通常用在某一情节段落的开始，用来交代人物关系，进入事件，也有的用在段落中间用进行补充。②冲突场景。展示冲突与对抗，推动情节的上升。③高潮场景。段落内情节上升的最高点。④回落场景。情节回落过程中的场景，其目的是减缓冲突，放松紧张状态。

明确了场景目标与场景类别之后，可以进行具体的分场提纲的撰写了，例如，《入殓师》的分场提纲如下：

第一场：雾雪天，车里，大悟和社长。大悟旁白：小时候的冬天，没有记忆中这么冷，从东京回到乡下已经两个月了。

第二场：一家室内，大悟和社长为这家的女儿入殓，大悟主殓，动作熟练，表情肃穆。这时，大悟发现这个女人有那东西，其实是个男人。出现片名：入殓师。

第三场：（迅速以音乐转场，贝多芬交响乐）演奏大厅，大悟正在拉大提琴，交响乐气势宏伟。镜头扫过，观众稀少。演奏结束，乐队老板出场，宣布乐队解散，大悟一惊（滑稽的表情）。①

分析上面的分场提纲，可以发现：第一场之所以设置了雾雪天气，设置了旁白，是因为该场属于交代性场景，目的是为了营造与"入殓"相关的"冷"的氛围，引出第二场以及片名。也就是说，虽然分场提纲只是纲要，但场景目标与场景类别已经完全明确，它们决定了每一场是否存在以及以怎样的方式存在。此外，虽然以上只是分场提纲的文字，但场景的构成要素已经基本齐全了。一般而言，场景的要素通常包括如下几点。①空间。每个场景都是在一个空间范围内发生的情节。一般来说，这个空间范围是以人的视线（镜头）在不做跨越障碍物的移动，并且在没有门、窗、墙等阻挡物的情况下，所能看到的范围来区分的，如操场、教室、街道边、小商店内都是不同的场景。另外，雨、雪、雾等有助于场景表现的自然氛围也是场景设计中需要注意的。例如，《入殓师》三个场景中分别出现的车里、室内、大厅里的空间等，而第一场中的雾雪天所形成的特殊氛围则使车中封闭的环境能更好地传递主题伤感的情绪。②时间。每个场景都是发生在一个具体且是连续的时间段内的，如果空间不变而时间发生了明显的改变，例如同一房间内的夜景和日景，即便它们连在一起，也应区分为不同的场景。场景中的时间一般分日（白天）、晨、黄昏、傍晚、夜，等等，对于室内（或封闭环境）的场景，时间要素通常表现得不够明显，例如《入殓师》前三场分场提纲中的时间要素皆未明确点出。③人物、动作以及与动作相关的事件。没有人物无法形成行动，没有行动就无法形成情节，因此在场景设计中人物以及相关要素的设置也是重要的因素。例如《入殓师》第三场中，作为乐手的大悟在一场演奏后意外地得知了剧团解散的噩耗，这正是人物及相关要素得到确立的生动体现。

---

①　鸿爪. 电影入殓师剧本分场大纲［M/OL］. https：//www.douban.com/note/321790931/? type＝like.

　　总之，分场提纲的撰写就是以实际拍摄的立场重新审视故事大纲。通过分场提纲的撰写，你会发现原本感觉已写得比较具体了的故事大纲仍有许多问题尚未解决。这些不够具体的问题主要不在情节内容上，而在对情节内容的表现上。比如，在故事大纲中，有的事件和动作的发生场景并不明确；有时在一个段落中叙述的事情是发生在若干个不同的场景之中的，而一旦将这些场景分开，动作的衔接在时空、节奏等方面的处理上又会出现问题；有些叙事内容在故事大纲中只进行了粗略的叙述，将其落实到具体场景中时，却找不到相应的有力的动作去体现那个粗略的叙述。这正是撰写分场提纲的意义所在。

　　（4）场景写作

　　虽然分场提纲已经涉及了时间、空间、人物、行动以及与行动相关的事件，但毕竟只是提纲，还不够具体，没有具体的台词，尚需场景写作来进一步充实。大体而言，场景写作的原则如下：

　　①在处理的原则上，把场景叙事转化为微型故事

　　关于场景的写作，罗伯特·麦基的看法是：无论长度如何，一个场景必须统一在欲望、动作、冲突和变化周围，每一个场景即是一个微缩的故事。例如，在《卡萨布兰卡》中有一个发生在阿拉伯小贩摊前的场景——曾被抛弃的里克重遇昔日爱人伊尔莎，在醉后的苦涩中对她大加贬损，伊尔莎离开后，里克后悔了，于是在街上一个卖亚麻织品的摊前，他试图放下自尊，挽回爱情。那么里克的"挽回"之举究竟会以什么样的方式展开？会遭遇什么波折？又会以什么样的结果告终呢？这一场景要解决的这一系列问题，包含了人物、行动、事件等要素，已然是一个完整的故事，只不过形制相对微小一些而已。而且这一场景中的事件虽小，但有始有终，有起有伏，有矛盾，有悬念，能充分保证场景写作富于发展变化，充满灵动的吸引力，无疑是一个微小但却精彩的故事。由此可见，将场景转化为微型故事是处理场景写作的有效策略。当然，场景中的微型故事是统摄于整个剧作故事的主脊椎之下的，离题的微型故事即便再精彩也是无益的，这是必须遵循的基本原则。

②在设计上，把场景行动分解为节拍

每一个缩微故事都是由更微小的节拍构成的，所以缩微故事写好的关键就是巧妙地设计节拍。所谓的"节拍"，即人物行为中动作与反应的一种交流。只有动作没有反应，那就不是交流，自然也构不成节拍；如果节拍重复多次，没有进展，缺乏变化，那其实还是重复同一节拍。此外，动作节拍之后通常还蕴含着一个潜文本，即外在动作之后的潜在意图（实在动作）。例如，趴在她脚下的动作的潜文本可能意味着求饶，而置之不理的反应的潜文本则意味着拒绝饶恕，它们构成了一个包含潜文本的动作节拍。因此，场景写作的关键就是形成动作节拍的变化，而且暗示出动作的潜文本。仍以《卡萨布兰卡》中阿拉伯小贩摊前的场景为例，在这一场景中，编剧是这样设计动作节拍的：

  a. 走近她/不理他；

  b. 保护她/拒绝他（和阿拉伯人）；

  c. 道歉/拒绝他；

  d. 找借口/拒绝他（和阿拉伯人）；

  e. 试图把脚伸进门内/把门打开；

  f. 跪地乞求/要求更多；

  g. 让她自责/让他自责；

  h. 道别/拒绝反应；

  i. 指责她为懦夫/指责他为傻瓜；

  j. 对他进行性挑逗/隐藏她的反应；

  k. 指责她是婊子/摧毁他的希望。①

这些动作/反应模式构成了一系列节奏很强的节拍，而且节拍间有丰富的变化，有生动的潜文本，是值得我们深入学习的范本。

③在艺术上，综合利用各种视听手段进行造型表现

由于电影是以画面声效来呈现的，这就要求进行场景写作时不能光

---

① 麦基. 故事——材质、结构、风格和银幕剧作的原理［M］. 周铁东，译. 北京：中国电影出版社，2009：270-316.

想着攒台词，而要尽可能地利用各种有效的视听手段来进行造型，从而增强表现力。例如，在电影《理智与情感》中，玛丽安与威洛比陷入热恋后，却意外地得知他要抛弃她和富有的盖小姐结婚，玛丽安悲痛欲绝。编剧是通过这样的造型艺术来表现玛丽安的悲痛的：

> 内景　巴顿农舍　埃莉诺和玛丽安的房间　白天
> 玛丽安坐在窗边泪眼蒙眬地看着雨景。膝上放着威洛比的袖珍诗集。
> 玛丽安：离开了你，日子多么像严冬，
> 　　　　你，飞逝的流年中唯一的欢乐！
> 　　　　天色多么阴暗！我又受尽了寒冻！
> 　　　　触目的是隆冬的一片萧索！①

在这一场景中，编剧借助窗外的雨这一特殊的时空环境与氛围，借助玛丽安泪眼蒙眬地看着窗外的动作，借助膝上放着昔日情人诗集的事件，借助玛丽安诵读的昔日情人的诗作的特殊台词，利用这些生动的造型手段让读者"看到"了玛丽安失恋之痛。较之只是歇斯底里地哭喊失恋的痛苦的设计而言，这样的处理要高明多了，值得我们深入揣摩。

总之，由于场景写作所涉及的问题过于细致、微小，在有限的篇幅中无法面面俱到，因此要想提高剧本场景写作的能力，最直接有效的办法就是扒片，即通过观影的方式来对照着将影片的相关场景描述下来。如此坚持练习，自然能形成较好的造型感，有了较好的造型感之后，设计场景自然也就比较顺手了。

四、写作训练

1. 故事梗概训练

将你心中的故事写成梗概并念给戏水伙伴听，看看对方对你的故事

---

① 周涌，何佳. 影视剧作艺术教程［M］. 2 版. 北京：中国传媒大学出版社，2012：111.

是否感兴趣，如果感兴趣则可进一步进行大纲的写作；如果不感兴趣则应听取对方的意见，看看是故事本身尚未具有好故事的特征，还是故事本来是好故事，但却因你失败的梗概而被扼杀了。

2. 场景写作的造型训练

（1）他日复一日地做着无聊重复的工作。

（2）他第一次抢劫。

（3）他正在经历一次伤心的离别。

请参考《理智与情感》的场景写作，尝试使用不同的视听语言来进行造型表现。

延展阅读

一、推荐书目

1. 汉森. 编剧步步为营［M］. 郝哲，柳青，译. 北京：世界图书出版社，2010.

2. 麦基. 故事——材质、结构、风格和银幕剧作的原理［M］. 周铁东，译. 北京：中国电影出版社，2001.

3. 杨健. 电影剧本的创作理论与方法［M］. 北京：作家出版社，2012.

二、补充阅读

请扫二维码，以进一步了解电影剧本创作的相关知识。

（一）关于戏剧性前提

（二）关于场景分析的技巧

第五章

非虚构文学与散文

非虚构文学与散文同样是一对相近的文体，在内容上也有交叉之处，甚至可以说散文属于广义的非虚构文学，但从狭义的角度讲，我们仍旧认为二者各有约定俗成意义上的文体特征。比如，同样是真实，非虚构文学倾向于追求事物本身的真实，而散文则追求写作主体感受与感情的真实。同样是叙事，非虚构文学更追求故事的完整性，而散文的故事在抒情过程中则往往呈现碎片化特点。

第一节　非虚构文学

一、文体界说

"非虚构文学"概念的生成主要受到美国非虚构小说的启发。1965年美国作家杜鲁门·卡波特（Truman Capote）的《在冷血中》（*In Cold Blood*，今译"冷血"）大为畅销后，他自我作古地提出"非虚构小说"一词。1959年美国堪萨斯州发生一起震惊全美的凶杀案，作者受《纽约客》杂志之托到堪萨斯撰写报道整个谋杀案件的纪实文章，卡波特与助手哈珀在当地开始了细心调查，意图从当地人身上找出藏在这起谋杀案背后的故事。他们花了六年的时间调查这起案件，首先跟踪调查了被害者的邻居、被害者的雇员的反应，同时，也花了大量的时间与精力，耐心而投入地与两位蹲在大牢里等待被处死的凶犯详细长谈。杜鲁门·卡特波以独特的写作视角、全新的文学手法、厚重的社会良知，将一出真实的灭门血案的调查结果写成《冷血》。这部作品取材于真实的案例，但作者是一个小说家，使用文学的手法对之进行了改编，导致这一事件具备了新闻报道与法律陈词所无法表达的复杂性，卡波特干脆称之为"非虚构小说"。这一名称沿用至今，成为一种文学类型的重要命名。

作为一种文学思潮，非虚构文学盛行于20世纪60年代的美国，这个时期许多作家对新闻报道中的客观性和真实性产生怀疑，尝试将多种虚构小说的技巧引入新闻文体写作。这种写作大多采用第一人称叙事角度，进入被报道者的内心，力图剥去那些所谓客观或者真实的虚伪之面，诺曼·梅勒（Norman Mailer）、汤姆·沃尔夫（Tom Wolfe）、杜鲁门·卡波特等人是其典型代表。近年来，西方又出现了所谓的"非虚构片""传记电影"，如不久前获得奥斯卡最佳改编剧本奖的《社交网络》，便是根据Facebook创始人扎克伯格的真实经历改写的"非虚构片"。

诺曼·梅勒1968年的《夜幕下的大军》和1979年的《刽子手之歌》因为采用了这种杂糅方式的文体写作，取得了很大的成功，并最终两次赢得了普利策奖。评论家莫里斯·迪克斯坦在评价诺曼·梅勒的小说时说，他的这种写作模糊了历史和小说的界限，而梅勒也乐意承认自己是一个"历史学家小说家"："用历史方法不可能发现五角大楼前种种事件的奥秘——唯有小说家的本能才行。"因此他认为，在这个时候小说必须取代历史。亚历克斯·哈利（Alex Haley）的《根》的副标题是"一个美国家族的历史"，作品是根据他自己家族真实的历史事件所撰写的跨文体小说。巴巴拉·W. 塔奇曼（Barbara W. Tuchman）的《八月炮火》以文学的手法描写历史，创作出了美国文学界"最好的历史作品"，美国普利策奖委员会打破"禁止颁发历史类奖项给主题与美国无关的著作"这条限令，挖空心思找到一个名目，颁给塔奇曼一个叫作"总体非文学类奖"的奖项。理查德·普莱斯顿（Richard Preston）的《高危地带》是地地道道的报告文学，事件、人物都是真实的，还被《纽约时报》评为非虚构类畅销书第一名，但是却被许多读者当作惊险小说来阅读。

自《人民文学》于2010年第2期开设"非虚构"栏目以来，非虚构写作迅速得到社会的巨大反馈，不少作家和学者纷纷参与其中，创作了一大批优秀作品，如梁鸿的《梁庄》（出单行本时改名为"中国在梁庄"）和《出梁庄记》、贾平凹的《定西笔记》、萧相风的《词典：南方工业生活》、刘亮程的《飞机配件门市部》、慕容雪村的《中国，少了一味药》、李娟的"羊道"系列（《羊道·春牧场》《羊道·夏牧场》《羊道·夏牧场之二》《羊道·冬牧场》）、乔叶的《拆楼记》、王手的《温州小店生意经》、于坚的《印度记》、郑小琼的《女工记》、孙慧芬的《生死十日谈》、阿来的《瞻对：两百年康巴传奇》，等等。这些作品在读者中产生了巨大的反响，并引起评论界的热烈讨论。

《中国在梁庄》获《人民文学》2010 年度"非虚构作品奖",并引发了中国"非虚构文学"的讨论热潮。作者将自己生活了二十余年的河南穰县的村庄虚构为"梁庄",通过口述实录、现场调查等方式,记述了梁庄从 20 世纪 80 年代至今 30 年间的社会历史变迁,通过一个个乡村人物的具体命运,呈现了梁庄在城市化进程中出现的诸如农村留守儿童的无望,农民养老、教育、医疗的缺失,农村自然环境的破坏,农村家庭的裂变,农民"性福"的危机,新农村建设流于形式等触目惊心的问题。作品将社会工作方式、文学表现手法、现实政治诉求与历史真实目标结合,以社会责任和人道主义为情感统摄,书写了一部真实的乡村和心灵的变迁史。这部作品同时得到批评家、文学家和社会学家的赞赏。作家阎连科称"在优美的散文抒写中读到了令人惊诧、震惊的中国现实""是一部具有别样之美的田野调查,又是一部与众不同的纪实文本,更是一扇认识当下中国独具慧眼锐思的理论之窗"。从这里,正可以触摸今日中国与文学的心脏。经济学家、中国"三农"问题研究专家温铁军认为这本书是"最近三十年'被'消灭的四十万个村庄的缩影",批评家李敬泽说:"梁庄质疑、修正了关于农村的种种通行定见。不曾认识梁庄,我们或许就不曾认识农村,不曾认识农村,何以认识中国?"

到底何为"非虚构"?相对于"虚构"写作,"非虚构"写作其实是指一个大的文学类型的集合,而不仅仅是一种具体文体的写作,其"非虚构性"主要指材料,即进入写作程序的材料来源于社会生活或历史文件中已有的人物和事件,与虚构文学写作材料来源于幻想、创作、无中生有相比,非虚构文学的材料有着自足性。广义上的非虚构文学既包含非虚构小说和新新闻报道,也包括报告文学、传记、文学回忆录、口述实录文学、纪实性散文、游记等文体。但是相对于传统的非虚构文学,当代意义上的"非虚构"又在写作的立场与身份上出现了明显的个人化特征。在叙事上,非虚构文学也直接征用虚构文学的故事性手法;在文体上,许多非虚构文学都具有文体"骑墙"、文体越界特征。狭义的"非虚构",专指美国 20 世纪 60—70 年代兴盛的非虚构小说、新新闻报道等文学类型。在当下中国勃兴的"非虚构"比较接近美国的非虚构小说和新新闻报道。相对于其他的文学形式，"非虚构"既有文学写作的特点，又遵守着特殊的真实性品格。我们倾向于这样认为，它"是一种创新的叙事策略或模式，这种写作在模糊了文学（小说）与历史、纪实之间界限的意义上……以某种'中间性'的创新模式打破传统文学（小说）叙事的存在样态，使历史或事实在被最大限度还原的基础上成为一种新的文学景观。"①

二、文体特征

非虚构写作作为一种文学现象也好，一种文学形式也好，它是"通过一种'表述言词'，在人与世界之间建立一种'关系'"②，这是我们称其文本为"非虚构文学"的原因，因此我们可以对已经产生的非虚构文学文本做出文体特征的提炼，包括：

1. 民间的立场与个人的身份

从写作动机来说，非虚构的创作动因经常是写作者内心的某种冲动，尤其是对某些事情的迫切关注，所以非虚构文本的主题往往并非预设或者替某种声音代言。比如，贾平凹的定西之行是临时决定的；梁鸿的梁庄考察生发于个人对家乡的牵挂；郑小琼写作《女工记》则源于个体的打工经历，等等。与传统非虚构文学，比如中国古代的"讲史"文学、历史演义，以及新闻、报告文学等相比，在题材上对公共事件的记录、整理以及征用，都是公共叙事、宏大叙事的专利，而非虚构文学创作者以民间的立场和个人身份接触并处理这些传统材料，从民间与个人角度去表达对这些材料的感知、观点和态度以及对个人的意义价值，视角与写作行为相对独立。

---

①② 张文东 . "非虚构"写作：新的文学可能性？——从《人民文学》的非虚构说起［J］. 文艺争鸣，2011（2）.

2. 故事先行

虚构文学讲故事，小说和戏剧以讲故事为己任，以虚构或以现实的事件为原型，设置情节，讲述故事。非虚构文学也讲故事，只不过以现实发生的事件为对象，或者说将传统新闻事件故事化。从某种意义上说，虚构和非虚构是题材上的区分，而"故事"或"故事性"则是叙事性阅读文本的共同特征。

3. 作者的"行动"与"在场"，强调"有我"

作为一种写实的文体，"非虚构以平实质朴的方式让我们分享在场的经验"①。甚至，有的非虚构写作者，为了进入调查对象内部，考察其自身的逻辑，连个人的"先验观念"都想克服掉、抛开——尽管这只是一种努力②，比如梁鸿对故乡"梁庄"的体验，慕容雪村在传销团伙中的"卧底"，李娟对牧地"赶场"的跟踪等。

4. 作者对"真实"的忠诚，文本追求现场感，作品具有深度真实

非虚构写作追求的是一种"个人化的真实"③，即通过个人的深入考察，表现个人看到和体验到的真实。它不回避个人的感受，承认写作的主观化视角，与传统新闻报道力求"客观"、回避个人感情相比，非虚构写作坚守"眼见"的真实、"现场"的真实和个人化的真实。

5. 文学技巧的征用

在写作手法上，非虚构写作综合运用了小说、散文、诗歌、电影、

---

① 申霞艳．非虚构的兴起与报告文学的没落［J］．上海文学，2012（12）．

② 例如，梁鸿讲到自己前往梁庄调研之时，就想抛弃"苦难的乡村？已经沦陷的乡村？需要拯救的乡村？在现代性的夹缝中丧失自我特性与生存空间的乡村？"等种种先验观念，以一个怀疑者、一个重新进入故乡密码的情感者的态度进入乡村。梁鸿．前言：从梁庄出发［M］//中国在梁庄．南京：江苏人民出版社，2011：3．

③ 2013年4月，笔者与梁鸿见面交流，谈及非虚构与报告文学的区别时，梁鸿斩钉截铁地强调：非虚构表达的是一种个人真实。

新闻的各种手法，像独白、对话、戏剧性、典型化、细节描写、心理分析、联想、想象、蒙太奇、分类、伏笔等，无一不可被它采纳。非虚构写作亦讲究文学性的策略，即也有诗性的一面，这一特性使它得以存身于文学范畴之内。

三、写作要点

美国非虚构写作研究者、作家沃尔夫总结了美国非虚构写作的六种常用手法，它们是：设置戏剧性的场景；充分记录对话；注重记录情形的细节；观察的角度（着眼点）多元化；内心独白以及合成人物的性格。

中国的非虚构写作对此有所扬弃，比如"内心独白""合成人物的性格"。"合成人物的性格"即小说创作中经常用到的"杂取种种，合成一个"的手法，在中国当下的非虚构写作中很少采用。中国的非虚构写作常用以下几种写作策略：

1. 设置戏剧性的场景

在非虚构写作中，不能只是通过对事件的概括和总结来记述故事，而应该通过一个个场景来展现情节的发展。还原场景，是非虚构叙事具有可读性最重要的一个诀窍。比如李娟的《羊道》，此文虽然是对日常生活的记述，但不仅没有陷入流水账，反而十分吸引人，一个重要原因就在于她的文字的着力点始终是放在对场景的描写之上。例如，在《羊道·夏牧场》第二节：我们刚搬到冬库尔之时，邻居让两个孩子（一个三四岁、一个五六岁）给我们送来酸奶和食物：

> 这时大的那个先走到地方，找了一块空地小心翼翼地放下暖瓶，为防止没放稳，还用手晃了晃，挪了挪位置。然后去接小妹妹手里的餐布包。她一转身，脚后跟一踢……噼啪！哗啦啦……只见浅褐色的香喷喷、烫乎乎的奶茶在草地上溅开，银光闪闪的瓶胆碎

片哗啦哗啦流了出来——刹那间什么也不剩下了！亏她刚才还小心了又小心！

我们第一反应是太可乐了，便大笑起来。转念一想，有什么可笑的啊，又冷又饿又正下着雨，茶也没得喝了，多么糟糕的事情啊！于是纷纷垮下脸叹气不已。

但是叹了一会儿气，又觉得实在是好笑，忍不住又笑了。

但是，半个小时后，两个孩子的怀孕的母亲，又亲自拎着暖瓶送来奶茶。①

作者通过这两个场景的描写，就生动而又自然地表现了哈萨克族淳朴的民风，读者读到此，不仅为这两个孩子而感动，也会忍不住对哈萨克族的民风发出赞叹。

2. 充分记录对话

新闻写作极少运用对话，绝大多数时候是"直来直去"。故事性较强的新闻也只是偶尔少量运用对话。小说中大量运用对话，其目的是塑造人物和推动故事情节的发展。但是，非虚构写作中的对话，往往为了还原故事的本来状态，就充分让人物发声，让故事本身要表达的东西在对话中得到自然呈现。对话越是充分的非虚构叙事，越是接近小说。这方面的代表作品有《盖楼记》《拆楼记》《生死十日谈》，等等。

3. 注重记录细节

虽然这算不上什么新技巧，但是非虚构写作"已经使这种描写达到了不同寻常程度的心理深度"②。正是这一技巧，使得作者的文字和读者的心灵能够抵达新闻报道和小说想象力所不能及的地方。比如在《羊道·冬牧场》"最重要的羊粪"一节，作者不厌其烦地描写羊粪对于人和羊群的作用、

---

① 李娟. 羊道·夏牧场 [J]. 人民文学，2012 (2).

② 霍洛韦尔. 非虚构小说的写作 [M]. 仲大军，周友皋，译. 沈阳：春风文艺出版社，1988：41.

人们清理羊圈的辛苦、反复扩充羊圈的烦琐，等等，一个问题接一个问题出现……在写到牧人在沙漠中所住的地窝子的情况时，李娟是这样描述的：

> "生活在羊粪堆里"听起来很难接受，事实上羊粪实在是个好东西。它不但是我们在沙漠中唯一的建筑材料，更是难以替代的建筑材料——在寒冷漫长的冬天里，再没有什么能像动物粪便那样，神奇地、源源不断地散发热量——最深刻的体会是在那些赶羊入圈的夜里，北风呼啸，冻得眼睛都快睁不开了，脸像被揍过一拳似的疼。但一靠近羊圈厚厚的羊粪墙，寒意立刻止步，和平的暖意围裹上来。①

在这里，作者给我们呈现的是一种天然的生活方式，也让我们直接感受到游牧民族生活的艰辛与性格的坚韧。

4. 多元化视角

作者"通过特殊人物的眼睛向读者呈现所有的场面，使读者感觉到像是进入了人物心理的内部""这种描写是通过其他人物的一些观点，即通过各种不同角度的观察来使读者了解主人公的心理活动和人物特征的"。② 在中国的非虚构写作中，也十分强调不同的观察角度，从不同角度表现人物和事情。这也符合生活的逻辑，不同人面对同一对象会有不同的感受和想法。这一点在《梁庄》的写作中表现得最为充分，例如，在《梁庄》的"现任支书：谁干谁累死"一节，通过现任支书的诉苦和自我美化的倾向，乡党委书记对村长的态度，父亲、哥哥对村长的不同看法等，较为全面地展示了一个乡村干部的形象，而且这个形象具有代表性。而在未删节的单行本《中国在梁庄》中，还有父亲、老支书和县委书记对于乡村政治的看法，与现任支书的讲述一起构成了"多声部"，全面揭示了乡村政治内在的变化和种种难以破解的困局。

---

① 李娟. 羊道·冬牧场 [J]. 人民文学，2011 (11).
② 霍洛韦尔. 非虚构小说的写作 [J]. 仲大军，周友皋，译. 沈阳：春风文艺出版社，1988：42.

5. 综合使用文学修辞和手法

除了我们上文所述的几种常见的策略，非虚构对于各种各样的写作技巧都有着巨大的吸纳性。例如，郑小琼在写作《女工记》时，就充分发挥了自己作为诗人的特长，用诗歌来写人写事，并辅之以散文来详尽说明。一些小说家写作的非虚构文本，这方面也十分突出。比如孙慧芬的作品《生死十日谈》，实际上作者参与团队调研只有五天，创作有很大一部分是借助了录像带和团队成员的转述，更包括作者自己的创造。孙慧芬特别强调这部非虚构作品有着虚构的成分："实际上这里许多故事和人物都是虚构的，比如姜立生、杨柱、吕有万，很多很多。把看到的和听到的故事进行整合，对人物进行塑造，在建立一个现实世界时，我其实企图将读者带到另一个我的世界，我要表达的世界。"因为在作者的实际感受中，访谈（包括录像带所记录）让她亲历了一个个现场，提供了大量闪光的东西，但人生活在"无尽关系"之中，生活本身是繁复的，心灵是复杂的，原始的讲述有很大局限，讲述者只能提供一个侧面的信息，问卷有它自成一体的套路，却很难打开故事的脉络。正是这一点为作者的创作提供了巨大的想象空间。但如果没有孙慧芬的特别说明，读者根本分不清哪些是事实记录，哪些是虚构想象。

非虚构写作针对虚构写作而产生，但不是反文学的，而是试图拓展文学的边界。它使用"非虚构"而非"真实"这个概念，是试图在文学与真实中找到平衡点。作为文学，它不完全以纪实为己任，但也不完全以文学性为追求。非虚构写作有其真实性的一翼，它以真实的故事和情感打动人；非虚构写作有其文学性的一翼，在写作中，它也采用文学创作的一些方法，但这些策略与方法最终也是为了真实的写作而服务的。

四、写作训练

1. 旅行书写

写一篇带有个人特殊体验和记忆的游记，可以从以下两个选项中选择：

（1）使用现在时，仿佛旅程正在发生。

（2）使用过去时，即追述昔日之旅。

尽量聚焦于旅行中的某个插曲或某一方面，利用各种资料去核查事实和强化叙述，其中包括自己的旅行记录，如旅行日志和观光照片等，以及相关地图和旅行指南，乃至旅游场所的网络信息。

2. 回忆录

写出你内心深处的故事，或者为你身边的人作传，如你的父母或亲戚朋友。从草根化、平民化的角度切入，要相信每一个平凡的生命都能掘出震撼和惊奇，请仔细聆听发自你个人或他人灵魂深处的呢喃，并用文字静默呈现生命的原声。可以事先参考饶平如先生的《平如美棠》和姜淑梅女士的《乱时候，穷时候》等非虚构作品，以及李华老师的《写出心灵深处的故事——非虚构创作指南》。作品完成后，还可以将它带到课堂上朗读，也可在改进之后再展示出来，或是稍后发布到网络社交群中。

3. 自然笔记

在某个特定的区域进行户外漫步，记录你所遇到的自然物，把注意力放在记录事物的细节上来，例如一片叶子的叶脉，或者一只海螺所特有的锥形、螺纹和螺旋形——你的记录越具体，训练就越有效果。要求：这篇户外漫步记录至少要包含对六种不同自然物的记录，并尝试把这些记录纳入你的一篇个性化的生态散文或随笔当中。

延展阅读

一、推荐书目

1. 克雷默. 哈佛非虚构写作课——怎样讲好一个故事［M］. 王宇光，等译. 北京：中国文史出版社，2015.

2. 津瑟. 作家创意手册［M］. 朱源，译. 北京：中国人民大学出版社，2013.

3. 李华. 写出心灵深处的故事——非虚构创作指南［M］. 北京：中国人民大学出版社，2014.

二、补充阅读

请扫二维码，以阅读《"非虚构"写作工坊建设初探——本科创意写作教学中的非虚构写作》。

第二节　散文

一、文体界说

中国已知最早的文章出现于商朝，用于记事和记言，是管理手段的一部分。春秋战国时期天下大乱，知识分子思想活跃，议论性的文章大行其道，文风也从早期的比较质朴，到后来的追求文采，总的趋势是由质而文。虽然先秦时候纯粹的文学散文非常少，但是很多文章都带有较强的文学性。到了汉代，文章开始注重描写和刻画，文章分类的基础已经具备，司马迁的《史记》首开传记文章体制的分类。魏晋南北朝时期，以写景、抒情为主的文章大量出现，再加上一些身为帝王的作者身体力行的提倡，文学的地位大大提高，文学已从文章中脱颖而出，成为供人欣赏的、具有美学价值的、以文字为媒介的艺术作品。但是文章和文学的分类概念还没有产生，因此，重要的文论专著——刘勰的《文心雕龙》和重要的文章选本——萧统的《文选》都把文学性的作品和应用性的文章混为一谈。这个时期，由于政府管理工作的进步，出现了文、笔之分。所谓"文"是指诗赋等文体，必须讲究情辞声韵、平仄对偶等；所谓"笔"是指应用性文章，主要是公文，无须讲究文采和声韵，只求叙事达意，遵守一定的格式。那些擅长撰写公文的人被称为"大手笔"。但是不少文章的文体界限其实仍是模糊的，也就有了不少介于一般文章和文学之间的文体。唐代以后，纯粹的文学散文才大量出现，于是名家辈出，流派纷呈。但是"散文"这个名称直到南宋时期，在罗大经的《鹤林玉露》一书中才出现，此前一直把文学散文叫作"文"或"古文"。然而，即使有了"散文"的名称，它在古人的眼里依然是个广义的概念。直到"五四"时期，才开始有人把散文看作与诗歌、小说、戏剧并列的文学体裁，也就是我们所说的"狭义的散文"。在西方，人们把不分行、不押韵的文章统称为"散文"。

中国现当代散文较多继承了古代散文长于叙事、善于抒情、巧于议论的创作传统，又受到时代风云和观念革新的影响，遂使散文的文体特征和内部分类出现新的变化。以纪实为主，兼有政论，而且篇幅较长的散文又名"报告文学"，以批评性议论为主的散文又叫"杂文"，这两种文体在很多时候都被单列，不称为"散文"。一般意义上的"散文"则又包括了带有较强文学性的传记、书信、序、跋等散行文章。因此，现当代散文依然是一个包容乃大的文体种类，仍然存在广义、狭义之分。狭义的散文应该是指那种取材广泛、结构灵活、篇幅不长、自由抒发真情实感，而又具有较强语言美感的散行文章，也有人称之为"艺术散文"或"美文"。散文文体的这种边界意识的模糊或许并不是一件坏事，可以为散文的发展提供足够的空间和弹力。

小说和散文的区别是：小说是虚构的，散文是写实的。但是散文并非绝对地排除虚构，为了能在精短的篇幅里集中地展现艺术的美，散文在细节的描写上和结构的安排上也可以有一定的自由度。例如冯骥才的《珍珠鸟》表现了人和鸟类之间的亲密关系，张扬了一种热爱自然的思想感情。文中有家中的珍珠鸟喜欢用嘴去啄主人的笔尖和爱喝主人杯中的水这样的细节。然而，作者家里的珍珠鸟实际上并没有这样的动作，而是别人家的小鸟有这种习惯。这样的细节描写没有违背鸟类的生活习性，而且使得小鸟的形象更生动可爱，因而并没有违背真实性的原则。如果描写小鸟会捉苍蝇，那就违背了真实，壁虎才会去捉苍蝇。

在小说中，作者的形象是隐而不露的，他的情感可以间接通过人物、人物的命运和故事的结局等表达出来。散文的基本功能是抒情，作者的形象可以较为完整地呈现在读者面前，他的喜怒哀乐在纸上挥洒，读者会有直面真人一般的感觉。读者即使看到一篇古人的散文，也会感慨：有缘千年来相会，心有灵犀一点通。小说还可能会出现作品的思想倾向和作者的思想倾向并不一致的现象，比如欧洲批判现实主义作家巴尔扎克和中国现实主义小说家曹雪芹的创作中都有这样的情况。身为封建贵族作家，当他们真实地描写生活的时候，他们不得不怀着哀叹的感情描写封建主义的穷途末路，客观上具有了反封建的思想。但是，散文作者的思想和感情是不会模糊的，否则便不是散文，很可能是小说。

诗歌和散文的区别是：诗歌是分行排列、主要诉诸听觉美的文学样式，要追求节奏鲜明、音韵和谐、平仄交错、朗朗上口的音节效果；散文是散行排列的，要从视觉和听觉两方面呈现出语言魅力的文学样式。一方面是诗歌和散文在文字排列上有明显的区别，另一方面是散文也需要讲究音乐性，给阅读带来语言的美感，只是散文的音乐性要求不像诗歌那么严格，而且节奏也往往更加舒缓。

戏剧和散文的区别是：戏剧是综合性的舞台艺术，剧本是戏剧的文学基础，主要是通过对白推动故事进展，塑造人物形象。散文是语言的艺术，媒介是文字而不是舞台。戏剧最初是大家一起看，而且大家一起看更有气氛，散文却是个体化的欣赏过程。

按照作品基本的表现方式，人们多将美文分为记叙性散文、抒情性散文和议论性散文。其实三者的划分只是相对而言，许多作品是把叙事、抒情和议论有机地结合在一起，只不过侧重点不同而已。人们在创作散文和欣赏散文的时候没有必要去纠缠这是一篇什么种类的文章，只是在研究或讲解散文写作特点时才有这种大致区分的需要。

所谓记叙性散文要么是以事件为中心，讲述一个有头有尾的故事，如许地山的《落花生》、何为的《第二次考试》、林语堂的《冬至之晨杀人记》，或以事件几个片断的剪辑表达出生活的戏剧性，如鲁迅的《从百草园到三味书屋》、杨绛的《干校六记》、琦君的《髻》，也可以是以人物为中心，抓住人物的性格特征做粗线条勾勒，偏重表现人物的基本气质、性格和精神面貌，如鲁迅的《藤野先生》、巴金的《怀念萧珊》，也有以自然景物或人为环境为中心，描写个人的生活感受，如何其芳的《雨前》、徐志摩的《我所知道的康桥》等。

抒情性散文注重抒发作者的感情，抒情方式或直抒胸臆，或触景生情，即使描写的是自然风物，也赋予其深刻的社会内容和思想感情，比如徐迟的《黄山记》、周涛的《巩乃斯的马》等。优秀的抒情散文感情真挚、语言生动，把思想寓于形象之中，具有强烈的艺术感染力。

议论性散文通过议论和说理发表作者对生活的见解。它也可抒发感情、记叙事件，但以论述道理、表达见解为中心，比如周作人的《生活的艺术》、林语堂的《人生的乐趣》、邓拓的《事事关心》等。

二、文体特征

散文具有鲜明的文体特征。它是一种必须表达作者思想感情的文体，可以使用叙事和议论等多种手法，但这些手法都是为抒情服务的。散文的生命是真实，要做到事件真、人物真、感情真，但题材却是包罗万象的，上至宇宙世界，下至草木虫鱼，都能成为散文表现的内容。散文的结构也是自由的，可以写得很严谨，也可以写得很松散，只要能够很好地把情感表达出来就行。过去用所谓"形散神不散"来概括散文的特点，未免不够全面和准确。散文的结构不一定非得是"散"的、不讲究的，散文的内容或主题也不是一定要集中，拉拉扯扯也能写出好的散文。鲁迅的《春末闲谈》就是东扯西拉的，但是思想却相当深刻。在一些东拉西扯的散文中，作者跟读者一起分享知识和情趣，很多读书人至今还喜欢并怀念这样的散文。当然，东拉西扯并不是想到什么写什么，而是有着主旨上的内在联系，只是从表面上看较为随意而已。

限于篇幅，本章所讲的散文主要指最典型的散文文本，也就是那种既不偏重纪实或叙述，也不偏重议论，而是以抒情为主、非常注重文学性的、较为短小的散文作品，或者可称其为"美文"。

三、写作要点

1. 语言流畅有乐感

散文既不靠故事和情节取胜，也不靠鲜明的节奏跟协和的音节取胜,那么,散文凭什么吸引读者呢?首先就是要有流畅的语言,每一句话都没有阅读的障碍,而且展示出汉语的语言魅力,读者才有耐心往下看。追求音乐性并不只是诗歌的专利,有的时候散文也可以像诗歌那样炼词造句,从而使散文具有诗化的美感。

南朝时的丘迟写了一封书信《与陈伯之书》,后人往往当作散文来欣赏,书信也成了美文。信中有一句写得最好,成为千古流传的名句,那就是:

> 暮春三月,江南草长,杂花生树,群莺乱飞。

鲁迅先生深谙汉语的声韵特点,他在揭露和控诉军阀暴行的杂文《纪念刘和珍君》一文中写下这样的句子:

> 真的猛士,敢于直面惨淡的人生,敢于正视淋漓的鲜血。

短短的一句之中,就有一个叠韵词和一个双声词接连出现,再加上整齐的句式,自有一种诗的音节效果,给读者带来既深刻又美妙的阅读感受,让人过目难忘。

上海市作家协会前任主席、诗人罗洛在上海刚刚解放几天的时候,写下散文《我们所需要的,是工作》,表达自己急切地渴望为新生的国家贡献力量的激动心情,他这样写道:

> 我需要工作,是的,工作。我不怕痛苦的工作,怕的是没有工作的痛苦,而现在就是这样。

读这样的文句就好像在朗读诗歌,有着很强的节奏感。

初学者写散文,写好后一定要多看几遍,自己朗读给自己听,看看有没有什么不顺畅的地方,要是有,就要修改,改到读不出一点瑕疵才可住手。

笔者的写作过程往往是一挥而就,但是完稿后总是要再看两三遍,认真对文字进行润色。比如原本是写"黄河和长江"的,后来就改成"长江和黄河"了,因为"河""和"同音,放在一起念很不顺口。

《沙漠奇迹——迪拜》一文中原来有一句，"马路对面就是湛蓝的大海，这天海浪滔滔，凉风吹拂，让我们的眼睛吃够了冰激凌。"凉风吹拂"后来改成了"凉风习习"，跟"海浪滔滔"就构成了结构上和音节上的对应关系。

《冲绳的四日》中有一段写景：

> 飞机从上海浦东机场飞往日本冲绳首府那霸，一个半小时就到达了那霸上空。此时往下看，是一片浩瀚的蓝色海洋，飞机正下方是一大团白絮状的云朵，周围是一大堆一大堆较为浓厚的白云。云朵不断地变化着它的形状，它在上演一场如梦似幻的舞蹈。飞机就在这样的舞蹈中穿越，渐渐往下降，机场上的景物一点点清晰起来。

原文连用三个"云朵"，修改的时候感觉这样太单调，但是又找不出其他更好的词来代替，于是把第二个"云朵"改成了"白云"，这样至少比原文好一点。

在《温馨一路随行》中，笔者写了这么一段：

> 御苑内大树参天，碎石铺地，亭台桥廊点缀其中，黑色的乌鸦不时发出"啊、啊"的叫声，更是呈现一派宁静和优雅。

"碎石铺地"原本是"小石铺地"，是为了跟前面的"大树参天"呼应。但是朗读之后发现，"小石"在音节上缺少美感，而且又有"小时"等同音词，如果不是从视觉上去阅读，恐怕会产生歧义，于是改成了"碎石"。

游记《火热的吐鲁番》在介绍王洛宾纪念馆时这样写道：

> 王洛宾无疑是不幸的，他生活在一个光明与黑暗交织、温暖与冷漠并存的人间。但是，"苦难中也有美，并且美得真实"。他又是幸福的，因为他把自己美丽的梦想、纯净的心灵、不屈的精神和顽强的躯体都贡献给了音乐。他的歌给各族人民带来欢乐，也赢得各

族人民对他的喜爱。

"温暖"一词在原稿中是"温情",后来笔者发现"温情"是名词,"冷漠"是形容词,二者放在一起不般配,念起来不舒服,因此用了形容词"温暖"来代替。第三句中原来只有两个五音节的短语,读起来总觉得气势不够,不能充分表现"西部歌王"精彩而曲折的一生。在仔细研读王洛宾的事迹材料以后,笔者又增加了两个五音节的短语,不仅使人物的面貌得到更全面的展示,而且也使语气有所强化。

2. 抒情真挚且动人

散文是以情感取胜的文体,要写真情实感,不要写虚情假意。俗话说,群众的眼睛是雪亮的,有品位的读者自然会唾弃那种虚伪和煽情的文章。散文的情感还应该是高尚和向善的,低俗的情感也令人讨厌。散文的题材非常广泛,什么可写,什么不可写,也是需要斟酌一番的。最简单的方法还是自己要多想一想,那些想写的东西是否首先能感动自己,如果连自己都感动不了,别人又怎么会感动呢?

巴金的散文《怀念萧珊》是一篇至情的悼文。作者通过描写妻子萧珊在"文化大革命"中因遭受不公正的待遇而不幸死亡,强烈地控诉了极端化的政治带给整个中华民族的巨大灾难。作者在文中动情地写道:

> 我站在死者遗体旁边,望着那张惨白色的脸,那两片咽下千言万语的嘴唇,我咬紧牙齿,在心里唤着死者的名字。我想,我比她大 13 岁,为什么不让我先死?我想,这是多么不公平!她究竟犯了什么罪!……人们的白眼,人们的冷嘲热骂蚕食着她的身心。我看出来她的健康逐渐遭到损害。表面上的平静是虚假的。内心的痛苦像一锅煮沸的水,她怎么能遮盖住!……我多么愿意让她的泪痕消失,笑容在她那憔悴的脸上重现,即使减少我几年的生命来换取我们家庭生活中一个宁静的夜晚,我也心甘情愿!……我甚至愿意为我那十四卷"邪书"受到千刀万剐,只求她能安静地活下去。……每次戴上黑纱、插上纸花的同时,我也想起我自己最亲爱的朋友,一个普通的文艺

爱好者，一个成绩不大的翻译工作者，一个心地善良的人。她是我生命的一部分，她的骨灰里有我的血和泪。

一个以写作为生，又以写作而享有盛名的作家，却不能保护自己善良的妻子，居然愿意拿自己的著作被"千刀万剐"来换取妻子的生命，这是多么残酷而又悲愤的心理活动。这样动情的文字就像是一记记重锤敲打在人们的心上，激发人们对"文化大革命"的反思。在给死者盖棺定论的时候，作者也不像国人所习惯的那样，给死者加上许多溢美之词，而是客观真实地概括萧珊的一生。作者之所以要深情地悼念死者，不是因为死者是多么有成就的人，仅仅因为她是一个善良的、有爱心的人。唯其如此，这份感情才显得那么真实、那么值得珍视。

台湾女作家琦君写过一篇名为"髻"的散文，写的是自己跟亲生母亲和姨娘三个女人之间的复杂关系。作者娓娓写到少年的时候，自己拿着黄杨木梳给母亲梳头，却再也理不清母亲心中的愁绪，因为在走廊的那一边，不时地飘来父亲和姨娘琅琅的笑语。很久以后，姨娘到上海来看望作者。作者明知她就是使自己的母亲一生郁郁不乐的人，却已经一点都不恨她了。她的脸上脂粉不施，显得十分哀戚。因为母亲是个自甘淡泊的女性，而姨娘，跟着父亲享受了 20 年的荣华富贵，一朝失去了男人的依傍，她的空虚落寞之感，更甚于母亲。作者在文中流露的这种设身处地为别人着想的情怀，自有一种感人的魅力。文章的结尾，作者写道：

> 我怔怔地望着她，想起她美丽的横爱司髻，我说："让我来替你梳个新的式样吧。"她怆然一笑说："我还要那样时髦干什么，那是你们年轻人的事了。"
>
> 我能长久年轻吗？她说这话，一转眼又是十多年过去了，我也早已不年轻了。对于人世的爱、憎、贪、痴，已木然无动于衷。母亲去我日远，姨娘的骨灰也已寄存在寂寞的寺院中。这个世界，究竟有什么是永久的，又有什么是值得认真的呢？

作者就是这样运用富有情感的话语表达自己对人生的感悟，也引发读者对小恩小怨和大恩大怨的人生思考。

著名的残疾人作家史铁生写了一篇脍炙人口的散文《我与地坛》，其中描写母子关系的至情至性的文字也让人感动得落泪。作者残疾后不久，脾气坏到极点，常常会发了疯一样离开家。每次作者要动身时，母亲总是无言地做着准备，帮助儿子上了轮椅车，看着他摇着车子拐出小院，直到儿子从视线里消失，才无奈地进屋。母亲活着的时候，作者只知道感叹自己的不幸，却从来也不会想到母亲是如何坐卧不宁地度过痛苦而惊恐的一天又一天。后来，年仅 49 岁的母亲竟然撒手人寰，儿子也终于参透了其中的道理。作者写道：

> 我坐在小公园安静的树林里，闭上眼睛，想，上帝为什么早早地召母亲回去呢？很久很久，迷迷糊糊的我听见了回答："她心里太苦了，上帝看她受不住了，就召她回去。"我似乎得了一点安慰，睁开眼睛，看见风正从树林里穿过。

深爱着自己的至亲离去了，世界上只剩下一个孤零零的残疾人了，这是多么痛心的一件事啊！该怎么样表达这种刻骨铭心的伤痛呢？即使是哭天抢地的抒情，恐怕也不过分。然而作者却采用这种平静的语调和象征的写法，就使得母子之情更加博大而深远。

3. 修辞丰富而典雅

散文应该是散行的文章中最有文采的文体，当然要重视修辞的作用。修辞分为消极修辞和积极修辞两种。所谓"消极修辞"，是指追求语言的明白晓畅，避免语言的不当运用。所谓"积极修辞"，是指主动运用一些具有固定格式和特定功能的修辞格，使语言更加生动形象、更有表现力。两种修辞手法并没有谁高级谁低级这样的区别，而是要看文章内容更适合用哪种手法。也有很多时候，需要两种修辞手段在文章中交替使用。

现代诗人何其芳写过一篇著名的散文《雨前》，通过对雨前景象的精细描写，表达了 20 世纪 30 年代的许多小知识分子对社会现状的失望和对未来前途的憧憬。作者是这样写景的：

> 白色的鸭也似有一点烦躁了，有不洁的颜色的都市的河沟里传出它们焦急的叫声。有的还未厌倦那船一样的徐徐的划行。有的却倒插它们的长颈在水里，红色的蹼趾伸在尾后，不停地扑击着水以支持身体的平衡。不知是在寻找沟底的细微的食物，还是贪那深深的水里的寒冷。

> 有几个已上岸了。在柳树下来回地作绅士的散步，舒息划行的疲劳。然后参差地站着，用嘴细细地抚理它们遍体白色的羽毛，间或又摇动身子或扑展着阔翅，使那缀在羽毛间的水珠坠落。一个已修饰完毕的，弯曲它的颈到背上，长长的红嘴没在翅膀里，静静合上它白色的茸毛间的小黑睛，仿佛准备睡眠。可怜的小动物，你就是这样做你的梦吗？

在这段类似工笔画的描写中，最精彩的莫过于拟人和比喻这两种修辞格的使用，特别是"在柳树下来回地作绅士的散步"，这个比喻实在是写得很形象、很传神。整段文字也很有韵味，作者真的对鸭子那么感兴趣吗？作者是不是在以鸭喻人呢？读者诸君，你们尽可以发挥你们的创意和想象。

当代散文家孙犁有篇散文名为"黄鹂——病期琐事"，写得很是朴素，显示出一种单纯的美。作者写他在医院治疗期间，发现附近的树林里有两只黄鹂鸟：

> 每天，天一发亮，我听到它们的叫声，就轻轻拉开窗帘，从楼上可以看见它们互相追逐，互相逗闹，有时候看得淋漓尽致，对我来说，这真是饱享眼福了。

> 观赏黄鹂，竟成了我的一种日课。一听到它们叫唤，心里就很高兴，视线也就转到杨树上，我很担心它们一旦会离此他去。这里是很安静的，甚至有些近于荒凉，它们也许会安心居住下去的。我

在树林里徘徊着，仰望着，有时坐在小石凳上谛听着，但总找不到它们的窠巢所在，它们是怎样安排自己的住室和产房的呢？

············

第二年春季，我到了太湖，在江南，我才理解了"杂花生树，群莺乱飞"这两句文章的好处。

是的，这里的湖光山色，密柳长堤；这里的茂林修竹，桑田苇泊；这里的乍雨乍晴的天气，使我看到了黄鹂的全部美丽，这是一种极致。

同样是描写禽类动物，孙犁却没有使用什么修辞格，只是偶尔用到一些句式整齐的词组而已，通篇都是非常普通的描写和叙述，但是也很耐读。

金性尧是一位资深的古典文学编辑和文史散文作家，几十年的编辑和创作实践，使他对修辞手法的使用达到炉火纯青的程度，各种拿捏均很准确。在"文化大革命"期间，他和许多知识分子一样受到迫害，而且连累到几个子女。他的长女是大学教师，也被驱赶到农村去"接受再教育"，因不甘忍受无理的批判而自杀身亡。金性尧为此写下悼念文章《她才28岁》。为了表明女儿从小就爱党爱国，他写道：

亿万人民渴望的新中国成立了，她梳着小辫子，悬着腰鼓，在祖国的广阔大道上扭着秧歌。到了28岁，她已经担任了外语系的助教，这个小人物便陨灭了。当时新婚才6个月，还带走了一个未临世的胎儿。这时候，红旗也在祖国的大地招展。

这段话里除了"陨灭"这个比拟，没有用到其他修辞格。作者只是用平静的语言陈述，但正是"红旗也在祖国的大地招展"和"这个小人物便陨灭了"两者之间构成的反衬关系，揭示了这个小人物的死亡是不正常的，因此体现出"文化大革命"的荒谬。

她留下的就是那么几颗脚印，那脚印却是干净而坚实。

上面这句话用到了双关，字面的意思是说女儿在农村劳动时也很爱干净，脚印上不会留下泥土，字里的意思却是表明女儿一生清白，从没有留下任何污点，而且性格坚强，绝不向错误路线低头。

女儿在"文化大革命"期间去世，做父亲的即使心中满怀悲痛，也无法公开进行悼念，所以文章也只能写得比较含蓄。作者夫妇到雨花台给女儿扫墓，"当我们拔去了野草，点上了清香，把一个小小的花环放在石阶上时，一阵风来，那香烟便袅袅上升，随即似断似续，散在空中，终于消失了。但我相信，它在太空里仍会散发着馨香。"

这段话里全没有修辞格，只是流畅地、舒缓地叙述而已。然而，"太空"这个词的选用恰恰体现了作者的感情和态度。因为这是个黑白颠倒的人间，所以那清香不可能存留在大地，只能在太空里散发馨香。但是作者坚信真理终会战胜邪恶，那高远的太空必定是个朗朗乾坤，它并非遥不可及。作者这种较为压抑的写法跟写作时的环境有关，但同样能达到使人激动、引人深思的效果。

4. 立意高尚又蕴藉

散文作为美文，除了具备欣赏和愉悦功能，也可以承担一定的认识和教化功能。但是，艺术作品应该在美的表现过程中潜移默化地熏陶读者，而不是在作品中赤裸裸地进行说教。优秀的散文总是把高尚美好的立意通过蕴藉而自然的方式艺术地呈现出来。

现代作家郁达夫的《钓台的春昼》是一篇脍炙人口的游记。作者在开篇第一段交代出游的原因时便已经暗含了抨击时弊的内容。他写道：

因为近在咫尺，以为什么时候要去就可以去，我们对以本乡本土的名区胜景，反而往往没有机会去玩，或不容易下一个决心去玩的。正唯其是如此，我对于富春江上的严陵，二十年来，心里虽每在记着，但脚却从没有向这一方面走过。1931，岁在辛未，暮春三月，春服未成，而中央党帝，似乎又想玩一个秦始皇所玩过的把戏了。我接到了警告，就仓皇离去了寓所。

出游这件事往往就是这样，远的地方因为不易去，所以郑重其事地早早而去，近的地方因为方便往往拖着不去。这也是人之常情，读者看到此处或许会会心一笑。但作者立刻笔锋一转，换成文言句式，所谓中央党帝玩起秦始皇的把戏，明眼人便知晓作者其实是去避难了。白话和文言的夹杂，在有些人手里是无奈的应付，但在有些人手里却成为艺术的手法，文并没有害质，反而幽幽地默了一下，批了国民党的独裁专横。

从第二段起便是真正的钓台春昼了：

> 说起桐君山，却是桐庐县的一个接近城市的灵山胜地。山虽不高，但因有仙，自然是灵了。地处在桐溪东岸，正当桐溪和富春江合流之所，依依一水，西岸便瞰视着桐庐县市的人家烟树。南面对江，便是十里长洲；唐诗人方干的故居，就在这十里桐洲九里花的花田深处。

写了桐君山，写了桐庐，写了桐君观里的晚祷钟声，观里观外的景色都一一落到了笔下。接着再写第二天的清晨，晓风残月，杨柳岸边，候船待发，上严陵去也，好一个浪漫的旅程呀！在写到船行至一水边酒楼时，作者又借题发挥，说碰见了几位数年不见已经做了党官的朋友，于是背诵了一首两三年前曾在同一情形下做成的"歪诗"。郁达夫不愧是白话文及文言文的两栖高手，其歪诗也是不同凡响，为游记增光：

> 不是樽前爱惜身，佯狂难免假成真。
> 曾因酒醉鞭名马，生怕情多累美人。
> 劫数东南天作孽，鸡鸣风雨海扬尘。
> 悲歌痛苦终何补，义士纷纷说帝秦。

"鸡鸣风雨海扬尘"寓指世道不正，"佯狂难免假成真"表明读书人的气节，虽然知道"悲歌痛苦终何补"，但仍然"义士纷纷说帝秦"。诗的内容正契合当下情形，诗的艺术也可称可羡。

结尾处，作者写的是下了钓台回到严先生的祠堂，在离屋檐不远的一角高处，看到一位新近去世的同乡夏灵峰的诗句。作者再一次借题发挥：

> 夏灵峰先生虽则只知崇古，不善处今，但是五十年来，像他那样的顽固自尊的亡清遗老，也的确是没有第二个人。比较起现在的那些官迷财迷的南满尚书和东洋宫婢来，他的经术言行，姑且不必去论它，就是以骨头来称称，我想也要比什么罗三郎郑太郎辈，重到好几倍。

时值"九一八"事变和伪满洲国建立之后，作者以鄙夷的口吻讥刺了满洲国的汉奸官僚、无耻文人罗振玉、郑孝胥之流，认为他们连晚清遗老夏灵峰也比不上。

我想，写钓台春昼的美文大概不是一件很难的事，大凡名山胜景总是会产生许多灿烂文章。然而，在寄情山水之中又透露时代的忧思，用写意笔法描绘山水之余又用梦幻手法以诗入文，却是难得的上品境界了。

著名学者季羡林也很喜欢写散文，但即使是态度鲜明地批判极"左"路线错误的文章，也写得幽默诙谐。在《幽径悲剧》一文中，作者是这样写的：

> 经过了史无前例的十年浩劫，不但人遭劫，花木也不能幸免。藤萝们和其他一些古丁香树等等，被异化为"修正主义"，遭到了无情的株伐。……那两棵著名的古藤，被坚决、彻底、干净、全部地消灭。是否也被踏上一千只脚，没有调查研究，不敢瞎说；永世不得翻身，则是铁一样的事实了。

文中写到的这些词语，在那十年期间曾是那样熟悉、那样令人胆战心惊，重提这些词语，就已经充满讽刺和批判了，再多说，可能反而变成啰唆。

贾平凹的散文《丑石》写得非常含蓄。文章的前半部分渲染了丑石的丑：

黑黝黝地卧在那里，牛似的模样，极不规则，没棱角儿，也没平面儿，还锈上了绿苔、黑斑。它既不能垒墙，又不能浣纱捶布，就连院边的槐荫也不去庇覆它。

文章写到一半时，作者笔锋一转，说是有一天，村里来了一个天文学家，突然发现了这块石头，认定这是一块陨石，它在天上发过热，闪过光。于是不久，陨石就被运走了。事后奶奶说："真看不出！它那么不一般，却怎么连墙也垒不成，台阶也垒不成呢？"天文学家解释说："正因为它不是一般的顽石，当然不能去做墙、做台阶，不能去雕刻、捶布。它不是做这些小玩意儿的，所以常常就遭到一般世俗的讥讽。"

仔细想一想，读者才会明白其中的道理：如果没有一位科学家来到村里，那么，丑石永远是丑石而不会成为陨石。所以，金子并不一定会闪光，金子只会在认识金子的人们的眼前才会发出耀眼的光芒。正如著名数学家陈景润，要不是遇上厦门大学校长王亚南，他可能永远是"被人民养活，而不为人民服务的呆子"，只能是个废物了。是王亚南慧眼识珠，让他结束短暂的教师生涯并把他调到数学研究所，让他整天面对数字而不是面对着人。陈景润的数学才华从此有了施展的地方，他终于摘下了世界数学界的王冠——哥德巴赫猜想。从这一点来看，王亚南比陈景润更可贵。没有王亚南这样的伯乐，不知会有多少陈景润被埋没。世有伯乐，然后有千里马。千里马常有，而伯乐不常有。我们与其奋力去做一颗"金子"，寻求虚无缥缈的"发光"，不如先去促成伯乐的出现。有了伯乐，何愁千里马？所以，《丑石》应该是写给领导们看的。各级领导也都应该向《丑石》中的科学家学习，常到那些寂寞的村子里走一走，看一看，有没有被埋没的人才需要挖掘。

四、写作训练

散文写作的训练可以分两步：第一步是鉴赏评析。通过阅读文本理解作品的主题，看懂作品的结构特点，欣赏作品的语言魅力。第二步，动手写作。首先打腹稿，确定自己想要表达什么，必须是有感而发，千万不要为了写作而"硬写"。在心中考虑好初稿的各个方面后再动笔。写完后要认真检查，自己的思想感情是否呈现出来了，语言是否流畅，结构是非合理，是否有多此一举的啰唆的地方。总之，自己满意了，觉得无懈可击了，才可定稿。

1. 鉴赏与评析

(1)《芦沟晓月》的阅读与理解

"七七"芦沟桥事变之后不久，王统照先生就激情难抑，于是写了散文《芦沟晓月》。"苍凉自是长安日，呜咽原非陇头水"，文章以古诗开头，是一种谈古论今的写法，既抒发了思古之幽情，又便于介绍芦沟桥的地理及典故。作者是想"用联想与想象的力量凑合起，提示这地方的环境、风物，以及历史的变化，你自然感到像这样的'古典'的应用确能增加芦沟桥的伟大与美丽"。谈桥就要谈水，所以作者虽不想考证，却也用舒缓的笔调写了一点关于永定河水的考证。接着便是建桥历史的简短介绍，极自然地引出了芦沟晓月的地位：

> 经过名人题咏的，京兆区内有八种胜景：例如西山霁雪、居庸叠翠、玉泉垂虹等，都是很幽美的山川风物。芦沟不过有一道大桥，却居然也与西山居庸关一样列入八景之一，便是极富诗意的。

原来，芦沟晓月是老北京八大胜景中最富诗意的景观。在这样的谈天说地之中，读者分明是已经受到了宋元历史、京兆地理与自然景观的知识普及。但这并不是文章的题旨，作者用一句"不过，单以'晓月'形容芦沟桥之美，据说是另有原因"来作为过渡，道出了此处景观与想象和诗意之间的密切关系。

> 其实，芦沟桥也不过高起一些，难道同一时间在西山山顶，或北平城内的白塔上，看那晦晓的月亮，会比芦沟桥上不如？……你想，"一日之计在于晨"，何况是行人的早发。朝气清蒙，烘托出那

钩人思感的月亮——上浮青天，下嵌白石的巨桥。京城的雉堞若隐若现，西山的云翳似近似远，大野无边，黄流激奔，这样的光，这样的色彩，这样的地点与建筑，不管是料峭的春晨，凄冷的秋晓，景物虽然随时有变，但若无雨雪的降临，每月末五更头的月亮，白石桥，大野，黄流，总可凑成一幅佳画，渲染漂浮于行旅者的心灵深处，发生出多少样反射的美感。

由此，作者总结道：

你说，偏以"晓月"陪衬这"碧草芦沟"，不是最相称的"妙境"么？

文章的煞尾，作者仍然采用他所擅长的反问句和设问句：

无论你是否身经其地，现在，你对于这名标历史的胜迹，大约不止于"发思古之幽情"吧？桥下的黄流，日夜呜咽，泛把着清空的灏气，伴守着沉默的胶原。……他们都等待着有明光大来与洪涛冲荡的一日——那一日的清晓。

正因为文章写于"七七"芦沟桥事变之后不久，所以写得很含蓄。然而，"等待着有明光大来与洪涛冲荡的一日"的却不是芦沟桥，而是"他们"。这样一来，文字上面是朦胧，文章思想却很明确，那就是，中华民族不可欺，暂时的呜咽和沉默都是一种蓄积，总会有民族解放的光明一天的到来。因此，游记虽以苍凉的写景开头，最终却激发起悲壮的精神。"芦沟晓月"已然不是一个单纯的景观了，它成了文化精神的某种象征。

（2）分析理解《西安的冷与热》（节选）的主题

第三天去最远的扶风县法门寺。唐代大散文家韩愈因为反对皇帝大量地耗费民脂民膏去迎接如来佛肉身佛骨舍利，写了《论佛骨表》，遭唐宪宗贬逐。文章恐怕为千百万人所阅读，也为韩愈赢得更大的名声。只是，经过一千多年的漫长风雨，唐代特地为佛骨而建造的寺院已成了断壁残垣，宝塔也完全倒塌。宝塔倒塌不要紧，露出的地宫可就惊动了世界。珍贵的佛指骨和大量遗物又一次掀起重建之风。这一次的规模无与伦比。看吧，买了门票首先要经过三道金碧辉煌的大门，然后是几千米的"佛光大道"。大道两旁矗立着十几尊镀金的菩萨雕像，人们必须仰头才能看得见他们的尊容。瞻仰完这些菩萨，才得近观佛骨大殿。佛骨大殿也今非昔比了，外面罩上了一个巨大的镀金的合十手型雕塑。进到大殿内部，也有十几尊或是罗汉或是佛的金身雕像。价格最高的弥勒佛花费五千万元，全由各类供养人出资，只有释迦牟尼如来佛的金像不能供养。大概谁也供养不起吧，差不多五亿元的费用，就算哪个人出得起，他也不敢出。我们去的那一天正好是农历六月三十，星期六，一截佛指骨被从现代人挖出的"地宫"中升起，它坐在一个莲花座上，四周金光灿灿，无数游客被一派庄严的气氛眩晕着、端详着，他们看到了什么？

出了大殿，我们沿着"佛光大道"旁边的小径返回，我看到了几组描写佛祖生平的雕塑。佛祖为了体验民间疾苦，风餐露宿，弄得形容枯槁，这才是真正的佛祖，也是人们应该了解的真相。然而，佛殿和佛像却金碧辉煌、巍峨庄严，真和假达到了最大程度的对立。不可想象，九泉之下的韩愈该作何想，当年的佛祖又是何苦来。佛祖雕像和面容真是瘦得惨不忍睹，这种巨大的反差弄得我想哭，我的心又寒冷起来。

(3) 评析《廊桥赋》（节选）的语言特点

灞桥挑袍，微妙之交情；圯桥进履，奇特之恩情。陈桥兵变，怪异之军情；枫桥夜泊，高雅之诗情。……"莎士比亚，引水城入戏；马可波罗，从市桥出游。……旅行赤县神州，经过巴山蜀水。崎岖栈道，风雨廊桥。廊迎域外客，酒洗途中尘。万里桥边，沿校书足迹；驷马桥尾，步才子遗踪。八百年后，两江汇处，惊看现代都市，重修古式廊桥。……悄悄去，轻轻来，挥衣袖，别云彩。淡淡丁香，康桥可连雨巷？弯弯石径，雨巷应通汉园。诗人桥上看风景，别人楼上看诗人。明月临窗，乡愁何处？背影在彼岸，落叶在桥头。……修桥铺路，古人褒语；过河拆桥，时下弊端。看过客熙熙攘攘，听人声沸沸扬扬。问几人忧愁，几人享乐？几人造福，几人争权？几人敬业而献身，几人拜金而拼命？虹跨赵州，流芳千载；桥断綦江，遗恨百年。"

2. 命题写作

以"这个黄金周"为题写一篇散文。注意观察环境的变化、人们生活方式的变化和思想观念的变化。梳理自己的情感：喜欢什么、讨厌什么，赞成什么、反对什么。考虑从什么角度入手去写，应该突出地、详细地描绘什么样的细节，采用何种方式抒情。文章写好后至少朗读两遍，消灭错别字，润饰词语。

延展阅读

一、推荐书目

1. 祝德纯 . 散文创作与鉴赏［M］. 北京：中国社会科学出版社，2002.
2. 曾绍义 . 中国散文评论［M］. 成都：四川大学出版社，2005.

二、补充阅读

请扫二维码，以进一步加强对散文文体的理解。

（一）理论家、作家对散文的理解
（二）文体判断
（三）作品赏析
（四）思路拓展

第六章

自由诗与歌词

　　自由诗与歌词在文体特征上有许多共同之处，二者均突破了传统格律诗的严格限制，形式与内容较为自由，同时又有诗歌这个母体的基本艺术特质与表现技法，如分行排列、以抒情为主要特征、善于运用形象思维等。从创作上说，自由诗与歌词的写作也相辅相成，前者的诗意提炼与意象设置技巧有助于歌词更具审美意蕴，后者在结构、韵律诸方面的自觉也对自由诗的形式感、节奏感追求具有借鉴意义。但是，由于诗与歌词又有很大的区别，分属于两种不同的艺术范畴，在文体特征和写作技巧上均有自己的独特要求。二者对照、比较学习，有助于加深理解两种文体的各自属性，提高写作技巧。

第一节　自由诗

一、文体界说

　　广义的自由诗是指一种在语言形式上不受格律限制、着意追求内在意蕴的诗体。我们这里所指的"自由诗"是指兴起于"五四"新文学运动时期的"诗体解放"，与反传统、追求思想自由的特定时代精神相呼应的一种有意味的"自由"诗歌形式。其字数、行数、节数、句式诸方面均无固定格式，可押大致相近的韵，也可不押韵；可以用标点，也可以不用标点；语言也可以典雅，也可以比较通俗；它包括原创之作，也包括用自由体形式对国外诗歌的翻译。虽然在"新诗"阵营中亦有"现代格律诗"形式，但自由诗形式仍旧是我国现代诗歌创作的主流，也是诗歌爱好者乐于接受的一种诗体。

　　自由诗早期源起自胡适等人的"白话诗"尝试，在20世纪20年代初初步成熟，郭沫若等人是代表。这时的自由诗诗行一般具有相对完整的意思，押大致相近的韵，普遍使用标点。20年代中期李金发、梁宗岱等人倡导象征主义、"现代派"诗歌，开始引入西方现代自由诗形式和现代主义诗歌精神，使中国现代诗歌与世界诗歌的创作保持了密切互动。这些诗歌诗行的意思不一定完整，常有割裂语句意思的跨行，一般不押韵，追求内在的情绪节奏，多不用标点。我们现在一般把前一种自由诗称作"传统体自由诗"，后一种自由诗称为"现代体自由诗"。

　　现代格律诗是中国"五四"以后出现的一种不同于自由诗，但又有别于传统诗体、没有固定格律的现代新诗形式，其规范仍在探索之中。

刘半农、陆志韦、闻一多、何其芳、林庚等现代诗人曾提出过建立现代新诗格律的主张，并身体力行加以实践。他们认为，诗应该在视觉方面表现出节的匀称、句的匀齐，在听觉方面有格式、音尺、平仄、韵脚，其整体魅力应包括音乐的美（音节）、绘画的美（辞藻），以及建筑的美（节的匀称和句的匀齐），写诗就是"戴着镣铐跳舞"，闻一多的《死水》、徐志摩的《再别康桥》等诗作体现新诗格律化理念，即诗歌精神是"现代"的、"自由"的，形式上却体现出了某种程度的格律化与节制美。其探索在某种程度上对早期新诗过分理性化、口语化以及形式上的自由散漫起到了反拨作用，同时其格律的弹性仍旧保持了新诗创作的活力、"自由度"，整体上现代格律诗仍旧属于自由诗范畴。

与自由诗在形式上比较接近的诗体是歌谣和散文诗。

歌谣是历代人民群众集体创作的口头文学的一种形式，是民歌、民谣、童谣等多种形式的总称。其形式生动活泼，内容贴近时代，具有浓郁的生活气息，感情强烈，爱憎分明，经常使用比兴和夸张来创造诗歌意象。中国古代的"齐歌""吴歌""竹枝词"以及南方地区的"山歌""歌仔"及西北地区的"花儿"等，均属于歌谣的范畴。[①]但与歌谣相比，自由诗基本是个人创作、文人创作，更注重个人性与人文内涵。

散文诗是兼有散文和诗的特点的一种文学体裁，一般篇幅短小、文字凝练精美，注重语言的节奏感和音乐美，融合了诗的表现性和散文描写性的某些特点。在本质上它属于诗，有诗的情绪和幻想，在内容上它保留了有诗意的散文性细节，形式上它有散文的外观，不像诗歌那样分行和押韵，但不乏内在的音韵美和节奏感。鲁迅的《野草》、高尔基的《海燕》、泰戈尔的《新月集》等都是优秀的散文诗。尽管有许多自由诗也追求语言的散文化、叙事性，有较大的篇幅，但是散文诗与自由诗的区别亦有迹可循，一般来说，散文诗在文字上可以进一步压缩，内容上可以进一步意象化，结构上也不妨更跳跃，但优秀的自由诗改写的空间

---

① 朱自清. 中国歌谣［M］. 上海：复旦大学出版社，2005：1-7.

十分有限。即使在其中存在很大比重的叙事成分，甚至重复部分，但这也是为最后的集中抒情（点题）做有意味的准备。

二、文体特征

1. 表情达意上的凝练性

相对于小说的"典型性"、戏剧的"三一律"、散文的"形散神不散"的文体特征，诗歌更是以最少的语言去表现尽可能多的情感与生活信息。作为诗歌形式的一种，自由诗也同样追求通过富含意蕴的意象、具有典型意义的生活片段，或是具有表现力的瞬间，将生活和情感高度浓缩，反映具有普遍意义的社会现实，表现广泛深沉的思想情感。臧克家的诗《三代》只有三行："孩子 在土里洗澡；/爸爸 在土里流汗；/爷爷 在土里葬埋"，短短 21 个字就刻画出了三代人的形象与境遇，进而折射出中国世世代代生活在土地上的农民的生活和命运。余光中的《乡愁》用四组意象、不到百字就高度概括了人生中的不幸遭遇。陆忆敏的《美国妇女杂志》以"谁曾经是我/谁是我的一天，一个秋天的日子/谁是我的一个春天和几个春天/谁？曾经是我"的密集追问方式，高度概括出中国乃至世界妇女在漫长的父权时代无我的生存处境，并以"你认认那群人/谁曾经是我/我站在你跟前/已洗手不干"的决绝姿态表达出现代妇女性别意识的觉醒。

自由诗的"凝练性"与诗歌约定俗成的文体"成规"有关。"诗言志""诗缘情"，表达诗人志向与情感是诗歌的本质，然而诗歌抒发的感情，无论是直抒胸臆，还是间接抒情，都无须经过详细、周密的叙事铺陈，而直达哲思、情感与意绪。这是诗歌文体的传统，也是特点。但与此同时，从接受角度来说，只有诗人抒发的感情直接呼应了或者触发了人类普遍的、深层的感情，"共鸣"与"认同"才可能发生。不是所有的抒情都有"诗"的价值，优秀诗歌中的感情与感悟多具有跨时空、跨种族的广度与浓度。卞之琳的《断章》中"你站在桥上看风景/看风景

的人在楼上看你 /明月装饰了你的窗子 /你装饰了别人的梦"，四个句子分别以"看""装饰"两个核心动作串联起"站在桥上的你""楼上看风景的人""桥""楼""明月""窗子""别人""梦"八个重叠的意象和相对的位置，表现出生活中某种"万物中心主义"的相对关系与普遍处境。其触动心灵、发人思索之处在于，这些意象与动作触及了一种普遍性的、人人心里皆有也皆能感知的东西。其中的"你""别人"或者"桥上"与"楼上"都是具体的，或许与我们没有任何关系，它们在日常生活中的联系也是随机任意的，但诗歌意象并置的手法却揭示出了世间事物之间特别的关联，与我们的日常生活形成内在的同构关系。当然，我们如果把它当作一首表现爱情的抒情诗，同样可以打动我们，因为它也的确营造了一种幽美、抒情的意境，以及隐藏其间的一种淡淡的爱情失落。

2. 情思与结构上的跳跃性

巨大的信息和情感容量与最小的篇幅之间的矛盾，要求诗歌尽可能地通过修辞上的省略、并置、象征以及结构上的抛字、转行等方式，简化语言同时又增大意蕴空间，完成特殊的文体审美要求。因此自由诗常常采用意象切割、"蒙太奇"特写方式，留下有意味的"空白""不确定性"。同时，诗歌的抒情本质和创作上的情感驱动，也要求诗歌遵循情感与情绪的逻辑，"扭断语法的脖子"，自由跳跃，超常规组合，建构与情思心理活动相应的文体形式。在传统格律诗中，有许多经典的结构与情思跳跃的案例，如黄庭坚的"出门一笑大江横"、柳宗元的"欸乃一声山水绿"、司空曙的"雨中黄叶树，灯下白头人"等。

特蕾莎修女的《无论如何》全诗反复从反面着笔："人们不讲道理、思想谬误、自我中心""如果你友善，人们会说你自私自利、别有用心""如果你成功以后，身边尽是假的朋友和真的敌人"……随即又坚定地告诉人们："不管怎样，还是爱他们""不管怎样，还是要友善""不管怎样，还是要成功"……这里每一个让步修辞都建立在结构跳跃的基础上，不仅省却了表示转折的文字叙述，也留下了"为什么这样认为/想"的认知空白。在经过一系列的"反常行为"列举之后，诗歌在最后才告诉读者："你看，说到底，它是你和上帝之间的事，这绝不是你和他人之间的事。"这个时候我们才理解了诗人高贵的情操和异常坚韧的内心世界，而刹那间诗歌的空间变得丰富起来。

张枣的诗句"只要想起一生中后悔的事/梅花便落了下来"（《镜中》）将内心情感与自然景象两个意象、追忆往事与梅花坠落两种行为并置起来，获得一种特别的意味。沈苇在《一个地区》中写道："中亚的太阳。玫瑰。火/眺望北冰洋，那片白色的蓝/那人傍依着梦：一个深不可测的地区/鸟，一只，两只，三只，飞过午后的睡眠。"在中亚炙热的午后，太阳在那个昏昏欲睡之人的头顶炫耀。从"太阳"到"玫瑰"、到"火"再到"北冰洋""蓝"，其实包含着这样的跳跃：在那个人眼里，太阳像玫瑰红，又像火一样热。他的思绪由"热"想到"冷"，由中亚的"玫瑰红"想到了北冰洋的"白色的蓝"，这时他终于坠入了"深不可测"的梦乡。这是观察的连续，又是感觉的转移，结构上的跳跃与意识流保持了某种同构关系，诗歌更简约灵动。

3. 内在的韵律与节奏感

自由诗也是一种形式感很强的诗体，一些自由诗借鉴了中国传统或国外格律诗，采用"参差的行列"或者"递进的行列""回环的行列"，或者是典型的"三顿七言句式""三顿八言句式""四顿九言句式""四顿十言句式"，追求和呈现一种外在的形式感。徐志摩的许多诗歌就将"现代格律"与"自由诗"结合起来，比如他的代表作《再别康桥》，在语言上选用"云彩""金柳""夕阳""波光""艳影""青荇""彩虹""青草"等有色彩的词语，给读者视觉上的色彩想象，同时也表达了作者对康桥的一片深情。在音节上，全诗以"来""彩""娘""漾""摇""草""虹""梦""溯""歌""箫""桥""来""彩"等押韵与换韵，音节和谐，错落有致，节奏感强。首节和末节，语意相似，节奏相同，又形成回环呼应的结构。在外在形式上，全诗共七节，每节两句，单行和双行错开一格排列，无论从排列上，还是从字数上看，整齐划一，给人以建筑的美感。

但与此同时，自由诗又根据诗歌情绪抒发的平衡和意义完整的需要，通过调节诗句的长短、音节的强弱、音调的重复，形成有节奏的变化，追求一种内在的韵律与节奏感。一般而言，情绪强，诗行就短；情绪弱，诗行就长，体现情绪强弱与诗行长短的配合关系。[①] 也就是说，自由诗可以通过诗行、音音、音调等这些不规则的外在要素的调整，建构一种"规则"的、"均衡"的内部结构。例如，洛夫的《床前明月光》首段这样建构韵律与节奏：在"不是霜啊/而乡愁竟在我们的血肉中旋成年轮/在千百次的/月落处"四句中，开篇"不是霜啊"只有四个字，但慨叹深层，情绪强烈；第二句有十五个字，比第一句长得多，但主要用比喻来说明一个事实、一个过程，具有较强的叙事性，理智大于情感，这样就在情绪上前后依旧保持了平衡。"在千百次的""月落处"本为一句，但情绪强烈，就分作两行，"千百次"大约暗示时间上的长久思念，第四行点名衷情所在，字最少，但情最深，同样在情感含量上与前几句保持了平衡，形成了外部错落、内部严整的结构。

自由诗的韵律与节奏之所以是自由的，是因为每一首诗的韵律与节奏与它所表达的对象与表现的意绪相关，并无规定的形式。羽微微的《人来人往》描写了大街上的日常景象："贩菜的妇人啃着木薯数塑料袋里的零钱/卖苹果的老农睡在箩筐旁用袖子遮住阳光/沉默的汉子在街边用粗大的手指/编制草蚱蜢，挂在木架上/赤裸行走的疯子和乞丐/在铁质垃圾桶前弯下了腰"。这是一种焦点透视的眼光，诗人逐一打量街上的人物，他们在诗人眼里清晰缓慢展现，一一定格，表现出大街相对"静"与"慢"的一面。这种"静"与"慢"与午后的慵懒、睡意蒙眬有关，也与诗人的认真观察有关。但是刹那间，诗人的眼光开始弥散恍

---

① 陈本益. 中外诗歌与诗学论集［M］. 重庆：西南师范大学出版社，2002：98－109.

惚，眼前出现了幻觉，再也看不到具体的人与物了，只是看到："人来人往。人来人往。/人来人往。人来人往。"这短促的句式正如大街上急促的人流，也写出了诗人刹那间的感受。这与海子的诗歌《阳光打在地上》，用"阳光打在地上。/阳光依然打在地上"的急促与重复句式，表现出世俗生活的强大惯性以及自己的某种无奈，二者有异曲同工之妙。

三、写作要点

1. 从当下的生活中把捉诗意

自由诗与"口水诗"、分行白话之间的区别在于有无诗意。所谓"诗意"，指的是诗人通过对日常生活与现象世界的敏锐观察和精粹提炼所传达给读者的独特意义与新鲜感受。诗意来自对生活与事物新的意义和价值的认知，超越日常、尘俗的感受，"永远第一次""发现"或者"重新发现"这个世界。

诗意把捉并非要一味追求新奇，日常生活、熟悉的事物也能产生诗意，重要的是对这些生活与事物的感知。玛格丽特·怀兹·布朗（Margaret Wise Brown）在《重要书》中写道："天/重要的是/它永远在那边/真的"，仅仅因为一个陌生化的角度和儿童思维，让我们重新"发现"了天，熟视无睹的"天"突然焕发出光彩。华莱士·史蒂文斯（Wallace Stevens）《坛子的轶事》这样写一只坛子："我把一只圆形的坛子/放在田纳西的山顶。"这样的"坛子"平淡无奇，它在生活中几乎无处不在；这样的动作也不算怪诞荒唐，因为"坛子"不放在这里就要放在那里。但是诗人接下来的感知改变了它的性质："凌乱的荒野/围向山顶"，刹那间荒野活了过来，开始行动："荒野向坛子涌起，/匍匐在四周，不再荒凉。/圆圆的坛子置在地上，/高高地立于空中"，此时的"坛子""它君临四界"。为什么会这样？因为"坛子"给荒原赋予了秩序和意义，以它为中心重建了一种现代社会的明净与和谐。因此，这只"坛子"不同凡响，"这只灰色无釉的坛子/它不曾产生于鸟雀或树丛，/与田纳西别的事物都不一样"。为什么不一样？因为诗人发现了坛子与田纳西荒原之间的秘密联系并揭示出来，因此赋予了这些日常事物焕然一新的美感。当然，重要的不是"坛子"，而是发现"坛子"的眼光。通过这样陌生化的描写，全世界也记住了"田纳西"这个大名鼎鼎的"坛子"。

唐诗宋词元曲是有诗意的，但那是农业时代的感触，如果我们继续去表达唐诗宋词元曲那些不属于我们的经验，抒发那个时代的感悟，比如，你看到的是外滩，写出来的却是南山，那肯定是陈词滥调。现代生活有现代的体验、经验和观念，要求诗歌去真实书写和艺术表现，这也是现代自由诗兴起的背景。纪弦以诗的形式表达了这样的观念："要是李白生在今日，/他也一定很同意于我所主张的/'让煤烟把月亮熏黑/这才是美'的美学"（《我来自那边》）。

2. 提炼核心动作与意象

自由诗语言形式的"散漫自由"需要诗歌内在核心动作与核心意象收束，形成抒情、说理或叙事的线索，或者是"诗眼"的左臂右膀。

核心动作既指诗歌抒情表意过程中一以贯之的推进主线，也指表现对象本身自身状态的提炼。雷平阳的《亲人》从"只爱云南"开始，到"只爱云南的昭通"，再到"只爱昭通市的土城乡"，最后归结到"只爱我的亲人"，"这逐渐缩小的过程"就是诗人抒发情感的基本动作和线索。陈先发的《前世》重新阐释了梁祝爱情。"要逃，就干脆逃到蝴蝶的体内去/不必再咬着牙，打翻父母的阴谋和药汁/不必等到血都吐尽了。/要为敌，就干脆与整个人类为敌。/他哗地一下就脱掉了蘸墨的青袍/脱掉了一层皮/脱掉了内心朝飞暮倦的长亭短亭。/脱掉了云和水/这情节确实令人震悚：他如此轻易地/又脱掉了自己的骨头！/我无限眷恋的最后一幕是：他们纵身一跃/在枝头等了亿年的蝴蝶浑身一颤/暗叫道：来了！/这一夜明月低于屋檐/碧溪潮生两岸/只有一句尚未忘记/她忍住百感交集的泪水/把左翅朝下压了压，往前一伸/说：梁兄，请了/请了——"诗歌紧扣梁祝化蝶的核心动作"脱"，逐层写出二人生死相随、"化"蝶过程所包含的痛苦、决绝、情义与美。

正如"镜头"是影视艺术语言一样,诗歌以"意象"为基本单位构筑诗歌的意境。所谓"意象",是诗人内部无形而抽象的经验、情感、意绪、观念的外化和具象化。它发自内心,由客观外界的人、事、景、物、理经情感孕育而重新创造出来,即具有生活原貌的可理解性和感知性,也带有诗人强烈的主观色彩与个人性,寄托着诗人全部的精神世界,客观性、主观性、独特性、概括性是其基本特点。发现并提炼诗歌意象,是诗歌得以抛字、断行,精简内容的前提,也是诗歌空白、不确定性产生的条件。意象可以从客观世界发现、征求,包含情感对生活做实景描摹,将个人的情感寄托交付在客观物象身上,称为"描述性意象";也可以将主观抽象的情感具象化产生意象,这样的意象不是感官式的,而是心理式的,是根据记忆中的表象在情感的作用下发生的变形,我们把这样的意象称为"拟喻性意象"。一首诗可以用一个意象为主来结构,也可以用多个意象并置来结构。一个意象的诗歌情感更集中,多个意象并置的诗歌可以产生更多的审美方向。

一首诗可以有多个意象,但需要以某个意象为核心,形成核心意象。核心意象是一首诗统领全文意蕴的形象化提点,它既是一首诗向内收缩的主题核心,串联一系列情、思、意或者更多的意象,走向主控思想,又是向外联想扩散的源泉,并未将主控思想确定为某个可以用文字把握的概念,而是充满着无穷的想象空白,任由读者自己去填充。戴望舒《雨巷》中的围绕"丁香"核心意象描写"丁香姑娘",使这次美丽的邂逅和美丽的姑娘可意会而不可言传。

郑愁予的《错误》核心意象是"莲花(般容颜)",核心动作是"(打马)走过"。"我"打马过江南,有位美丽的姑娘误以为良人归来,美丽的容颜如同莲花,美丽地开放,紧掩的"窗扉"开了,"春帷"揭了,"柳絮"飞舞,然而,来非所盼,等非其人,这只是一个"美丽的错误",窗扉又关闭了,春帷又拉上了,柳絮又不飞了,美丽的容颜又如美丽的莲花,落了,"我打江南走过/那等在季节里的容颜如莲花的开落"。"我"导演与见证了全程，遗憾又爱莫能助，只好打马从江南走过："我达达的马蹄是美丽的错误/我不是归人，是个过客"。诗歌抒发了一种怅惘落寞的、美丽的、古典的情怀。

3. 根据减法原则抛字与选词

"诗歌是一个文字压缩的艺术，一首好诗的标准，也许就是如何做到以最少说最多。"[①] 优秀的诗歌只需要提供必需的信息和细节，即可以抒情表意。在更多时候，意象以及意象的组合自然产生意义，形成意蕴，实现主题。在文字上要做减法，将一切不可观看、不可感知、无法产生意义且无关结构的字词抛掉，实现最简主义。与此同时，在惜字如金的前提下，要精选词语，尤其是动词。合适的动词或者形容词动用，会激活诗歌意象与意境，使之熠熠生辉。

顾城的《远和近》只有四句："你，一会儿看我/一会儿看云/你看我的时候很远/看云的时候很近"。这首诗完全遵循情绪与感觉的逻辑，在物理距离上的"近"与心理距离上的"远"来回跳跃，既表现出"文化大革命"之后社会上复杂、缺乏信任的人际关系，也形象描绘出诗人微妙与近乎悲凉的感觉。在遣词造句上，最后两句充分体现了自由诗的减法原则。"你看我的时候很远"不是说，"你"看"我"的时候离"我"的空间距离变远，看云的时候离"我"的空间距离变近，而是说"你"在看云的时候敞开了胸襟，打开了自我，暂时处于一种不设防的状态，让"我"感觉到一个真实的"你"可亲可近；"你"看"我"的时候，又回到了社会状态，本能地对"我"保持了紧张的甚至敌意的状态，让"我"感觉到"你"不可亲近，离"我"很远。那么，这句话的完整意义是说："你看我的时候（我）（感觉）（你）（在感情上离）（我）很远/（你）看云的时候（我）（感觉）（你）（在感情上离）（我）很近"。但因为此时此地只有两个人，因此第四句中的"你"以及"你离

---

① 徐芳. 日历诗［M］. 上海：上海文艺出版社，2014：216.

我"都可以去掉；因为全诗写的都是"我"的感觉，所以"我感觉"亦可去掉。而去掉之后，诗更简洁，增大了内部空间。

4. 根据情绪平衡和意义完整原则断行

断行是诗歌推进的节奏，既是一个信息与情感的终结和转折，也是新的信息与情感的产生与开始，断行的多少、快慢，是诗歌主题增值的标志。如何断行，既要根据情绪和意义的表达需求，也要保证结构的科学合理。①

在偏于抒情的自由诗中，情绪平衡原则占主导；在偏于叙事的自由诗中，意义完整原则较突出，偏重说理的自由诗建行也常常运用意义完整原则。叶芝《当你老了》（袁可嘉译）表达出一种建立在智慧基础之上的深沉、宁静的感情，融抒情于叙事、说理之中，因此它的断行综合了情绪平衡与意义完整原则。这首诗共分三节，每节四个句子，其中一些句子包括两到三个分句，比如"当你老了，头白了，睡意昏沉""垂下头来，在红光闪耀的炉子旁"，力争每句表达一个完整的意思，交代完整的情境、动作或情思，为进一步的叙事、说理、抒情打下基础，步步推进，最后完整表达出"爱你朝圣者的灵魂""爱你衰老了的脸上痛苦的皱纹"这样惊世骇俗的感情。从抒情角度而言，思想的深度与情感的浓度保持了恰当的比例，情感的节制大于情感的爆发，因此全诗的十二个句子保持了节的匀称、句的整齐，在意义完整的基础上实现了情绪平衡。

有些自由诗行情绪不大平衡，意义也不大完整，诗行本身独立性不大，其主要作用在于引起下文或者联系上文，或者提出条件，表示假设、转折等。如"白丁香，我独爱你明净的/莹白，有如闪光的思维"（陈敬荣，《致白丁香》）、"既然/前，不见岸/后，也远离了岸/既然/脚下踏着波浪"（徐敬亚，《既然》）等诗句中的上提或转行，主要是起到特殊强调的作用。

某些时候，诗行也会采用独特形态来暗示某种特殊的意思。比如舒

---

① 陈本益. 中外诗歌与诗学论集［M］. 重庆：西南师范大学出版社，2002：98－109.

婷的《神女峰》首节："在向你挥舞的各色花帕中/是谁的手突然收回/紧紧捂住了自己的眼睛/当人们四散离去，谁/还站在船尾衣裙漫飞，如翻涌不息的云"，接下来是：

> 江涛
>
> 高一声
>
> 低一声

高低不同的诗行似乎在暗示江涛的视觉和听觉形象，同时也暗示诗人心潮的起伏不平。

四、写作训练

1. 分析《父与子》（公木）这首诗的凸出两句的断行意味。

> 不，爸爸
>
> 你们忍受，
>
> 我们却要动手。
>
> 你们去
>
> 向他乞怜，
>
> 向他磕头；
>
> 我们，
>
> 我们却要动手！

2. 分析下面诗歌的节奏：

荒城

雷平阳

> 雄鹰来自雪山，住在云朵的宫殿
>
> 它是知府。一匹马，到过拉萨
>
> 运送布料、茶叶和盐巴，它告老还乡
>
> 做了县令。榕树之王，枝叶匝地

满身都是根须，被选举为保长

——野草的人民，在废弃的街上和府衙

自由地生长，像一群还俗的和尚

3. 提交或者现场写一首诗，与前后位交换，按照以下步骤讨论：

（1）意象

①意象都清晰、有趣吗？

②哪些意象需要添加或者移除？

（2）语言压缩

诗歌语言意味着有力量，不需要的语言会削弱诗歌。哪些多余的词语需要删除。

（3）词语选择

①每一行的词语都合适吗？

②所有名词和动词都是具体、描述性的吗？

③检查每一个词语，决定是否保留、改变或者删除。

（4）结构

高声朗读，听听分行和分段是否自然，再试试其他选择。

（5）韵律

①再一次高声朗读你的诗，听起来如何？

②重新安排听起来不优美的节。

（6）意义

①诗歌表达的中心意思是什么？

②中心思想如此陈述或者暗示，读者能理解吗？

延展阅读

一、推荐书目

1. 陈本益. 中外诗歌与诗学论集［M］. 重庆：西南师范大学出版社，2002.

2. 张桃州 . 现代汉语的诗性空间——新诗话语研究［M］. 北京：北京大学出版社，2005.

二、补充阅读

请扫二维码，以进一步加强对自由诗文体的理解。

1. 仿写训练

2. 诗歌中的"道技双构"

3. 新的审美形式在崛起

第二节　歌词

一、文体界说

歌词是指一首歌曲中的文词部分，亦指按照声乐要求创作、被谱曲可唱的文学文本。它一般配合曲子旋律出现，用于歌唱。歌词集中表达了一首歌所要表达的感情和主旨，在很大程度上决定了一首歌的风格与审美质量。

从内容上划分，歌词大可分为叙事歌词、抒情歌词、写景歌词、说理歌词、对唱歌词等几种类型。按照用途划分，它又可以分为电影歌词、电视剧歌词、唱片歌词、广告歌词、教材歌词、舞台剧歌词等。以演唱形式划分，可以分为独唱歌词、对唱歌词、重唱歌词、表演唱歌词、歌舞曲歌词、齐唱与合唱歌词。按照演唱对象分，歌词可以分为男声演唱歌词、女声演唱歌词、童声演唱歌词与男女混声演唱歌词四种。[①]但划分是相对的，一方面绝少单纯的叙事、抒情、写景、说理形式。一般而言，抒情依旧是歌词的本质属性，叙事、写景、说理为抒情服务，而抒情也建立在叙事基础之上。另一方面，不同的演唱形式、演唱对象、风格体式、艺术特点及具体用途的歌词，在内容上有许多通约之处，并非绝不相同。

歌曲最基本的结构是乐句，乐句由旋律曲调组成，几个乐句构成乐段。歌词最基本的结构是词句，词句由词组组成，若干词句构成词段。

[①]　吴颂今. 歌词写作十八讲 [M]. 北京：人民音乐出版社，2012：55 - 70.

歌词属于歌曲整体的一部分，其结构受制于乐曲结构。在歌曲的发展过程中，歌词形成了结合乐句与词句的以一段体、二段体、三段体和多段体为主的基本结构。段体指的是音乐段落，不是歌词段落，段体不等于段落。一段体歌词有时由一个词段构成，比如《义勇军进行曲》，但它不等于只有一个段落，有时有多个段落，比如《歌唱二小放牛郎》有七个段落。二段体也不等于说只有两个歌词段落，三段体、多段体歌词也同理。

1. 一段体

一段体是指只有一个音乐段落的结构，它是歌曲最小的结构形式，常用于写作短小精悍的群众歌曲、队列歌曲、广告歌曲、儿童歌曲。最短的音乐段落只有两个乐句组成，如《牧歌》：

> 蓝蓝的天上飘着白云，
>
> 白云下面盖着雪白的羊群。

《祝你生日快乐》只有一个词句"祝你生日快乐"，重复四次构成两个乐句、一个乐段：

> 祝你生日快乐，祝你生日快乐，
>
> 祝你生日快乐，祝你生日快乐。

一段体也是最简短的音乐曲式，一般由四个乐句完成起承转合，《学习雷锋好榜样》便是典型的一段体歌曲。歌曲虽有四段不重复的歌词，但是却共享首段"学习雷锋好榜样/忠于革命忠于党/爱憎分明不忘本/立场坚定斗志强"的曲调旋律，四个词段其实归属一个乐段。我们将这种一段曲调，即一个乐段配上多段歌词的曲式称为"分节歌"。一段体的分节歌在民歌中极为常见，它们一般四句左右为一个词段（信天游一般两句为一个词段），每个词段虽有小变化但不影响旋律，不断重复，如《九九艳阳天》《兰花花》《三十里铺》《孟姜女》《浏阳河》《小白菜》《茉莉花》《牧羊曲》等，群众歌曲《打靶归来》《三大纪律八项注意》也是常见的一段体。

2. 二段体

二段体是指由两个明显不同的乐段构成，它是歌曲中最常见的结构形式，又称"单二部曲式"。二段体歌词一般由主歌（A）和副歌（B）两部分组成，较少由纯粹两个或几个主歌组成，如《今天是你的生日》等，两个乐段的歌词并无特别的翻转、对照、比较或情绪递进的关系。

主歌由两个或几个不重复、旋律相同的段落组成，主要用于叙事、写景、说理，为副歌的抒情做铺垫准备，它是歌词的主体和基本段落。主歌的歌词可分为多段，即 A1、A2、A3……每段歌词有一定的独立性，但在逻辑上依旧是主题不同的侧面，或因果，或延续，可对照，但都具有内在的联系。

副歌是歌词中一句或一段重复的歌词，通常出现在几段主歌之间，即由第一节正歌到副歌后，连接第二节正歌，再返回副歌，循环往复。副歌在内容上是对主歌的总结、概括，情感的升华，通常处于情感的高潮部分，在旋律、节奏上与主歌形成反差，为歌曲曲调提供变化性。主歌与副歌的衔接组合，通常是依次交替呈现，即 A1、B、A2、B……最后结束在副歌。如《我的祖国》即是典型主歌与副歌衔接式歌词，在三个主歌"一条大河波浪宽，/风吹稻花香两岸，/我家就在岸上住，/听惯了艄公的号子，/看惯了船上的白帆""姑娘好像花儿一样，/小伙儿心胸多宽广，/为了开辟新天地，/唤醒了沉睡的高山，/让那河流改变了模样""好山好水好地方，/条条大路都宽畅，/朋友来了有好酒，/若是那豺狼来了，/迎接它的有猎枪"之后轮替出现三个副歌："这是美丽的祖国，/是我生长的地方，/在这片辽阔的土地上，/到处都有明媚的风光""这是英雄的祖国，/是我生长的地方，/在这片古老的土地上，/到处都有青春的力量""这是强大的祖国，/是我生长的地方，/在这片温暖的土地上，/到处都有和平的阳光"，衔接方式是 A1（主歌）＋B1（副歌）＋A2（主歌）＋B2（副歌）＋A3（主歌）＋B3（副歌）。

但主歌与副歌的结合亦可略做变化，不一定非要交替出现不可，有时可以两个主歌之后紧接一个副歌，或者两个主歌之后连续两个副歌，形成 A1、A2、B、A3……或 A1、A2、B1、B2……结构。如《很爱很爱你》中，先是"想为你做件事/让你更快乐的事/好在你的心中/埋下我的名字/求时间趁着你/不注意的时候/悄悄地把这种子/酿成果实""我想她的确是/更适合你的女子/我太不够温柔/优雅成熟懂事/如果我退回到/好朋友的位置/你也就不再需要/为难成这样子"两个主歌的组合，然而是副歌"很爱很爱你/所以愿意不牵绊你往更多幸福的地方飞去/很爱很爱你/只有让你拥有爱情我才安心"的衔接。四个词句就是对前面主歌的升华，将情感推向高潮，这首歌的歌词段体组合是 A1＋A2＋B 模式。而《春天里》则是 A1＋B＋A2＋B＋A3＋B＋A4＋B 的组合，《天路》是 A1＋A2＋B1＋B2 组合。

有时候两段体歌词在主、副歌之间增设过渡句或桥段，打破 A、B 结构的规整性。

过渡句是副歌的导句，相当于器乐曲中的插部。如《十二座光阴的小城》中在主歌"踏响你的庭院，/是我的马蹄声，/雁来雁去总是过眼云烟"（A1）和"飘动我的思念，/是你的白纱巾，/花开花落总是玉立长亭"（A2）之后，穿插有过渡句"可是我要赶三百六十里路啊，/一生一世不停歇。/可是我要趟过那二十四条河，/去点亮黎明那盏灯"。在过渡句之后，出现副歌"十二座光阴的小城，/都在回荡我的马蹄声。/十二座光阴的小城，/住过你那美丽的情影"。

通俗歌曲中有"记忆点"的说法，它是词作者为音乐精心设计的"流行句"，一般常被置于副歌的高潮中反复出现，以加强记忆烙印。

3. 三段体

由三个乐段构成的歌词体式称为"三段体"，它是由二段式发展变化而来。此种段式可有两种不同的表现：第一种，第一和第三两个词段是相同或基本相同的段落，中间段落则与两端形成明显的对比，此种段式可标记为 ABA1，如《在中国大地上》《锦绣中华》等；第二种，第一和第三两个词段不是相同或基本相同的段落，第三段是在第一、二段基础上的更高层次的逻辑发展，中间段落仍与两端形成明显的对比，此种段式可标记为 ABC，如《北京颂歌》《红旗飘飘》等。

4. 多段体

由三个以上的歌词段落组成的段式，其表现情况多样。如，《毕业歌》四个不同情绪的段落（ABCD），热浪一个高过一个，皆为"天下兴亡，匹夫有责"的情感反应。如，《挑担茶叶上北京》四个亲切朴实的段落，融汇着种茶人对毛主席的崇敬和爱戴之情，为作曲家提供了采用 AA1A2A3 结构的变奏曲式的依据。如，《珠穆朗玛》词作中，作者以珠穆朗玛——圣法灵魂的象征为主导句，间隔出现三次，中间插入两个不同的对比部分，使作品显出回旋性，为作曲家提供了写作 ABACA 结构的回旋曲式的依据。

当然，还有一些其他形态的歌词段式，这是因不同内容表现的需要，作品体裁、规模的不一所致。其范例有宋小明的《你是这样的人》、郑南的《我爱五指山，我爱万泉河》、乔羽的《祖国颂》、光未然的《黄河大合唱》、肖华的《长征组歌》等。

二、文体特征

诗歌可以朗诵，主要用于内心语言的阅读；而歌词则要配合旋律，完成声乐作品，才能达到歌词创作的目的。歌词是跨界的艺术，它是诗歌的母体，又与音乐融合，兼具诗性的美感和入乐的可能。

1. 文本内容的诗歌属性

从发生学上说，歌词与诗同源，属于广义的诗歌，在中国古代一般把入乐的诗称为"歌"，不入乐的称为"诗"。在诗歌发展史上，许多优秀的诗歌原本是歌词，如《诗经》就是入乐歌唱的诗，而"南""风"

"雅""颂"等都是音乐的名称。多数宋词与元曲用于歌唱，明代杨慎的词《临江仙·滚滚长江东逝水》在今天作为电视剧《三国演义》的主题歌词。毛泽东的许多格律诗、词，以及现当代一些优秀的自由诗，比如徐志摩的《再别康桥》和《我不知道风往哪个方向吹》、海子的《面朝大海，春暖花开》、郑愁予的《错误》、余光中的《乡愁》以及顾城的众多作品，都被谱曲作为歌词广泛传唱。

歌词的发展伴随着诗歌的发展。在《诗经》中，歌词与诗歌合一，之后经历了以词度曲、以词为主自由吟咏、倚声填词等阶段，然而二者的关系非同铁轨，平行而不交叉，相反，诗与歌词在各自的发展中，"再交集"现象反复发生。一方面，歌词经文人写作的介入，从通俗、自由变得越来越精致繁复，宜于吟诵而不便于歌唱，成为较为单纯意义上的"诗"；另一方面，某个时期高度成熟、雅致的诗歌内部陌生化机制启动，滋生出便于歌唱的歌词，正如"词"之于"诗"、"曲"之于"词"、"流行歌曲"之于"自由诗"等。在某种意义上，歌词即是通俗的诗歌，其文本属性属于"诗"，当代被广泛传唱的歌词也可以视作更通俗、大众化的自由诗。①

从形式上看，当代歌词依旧短小精悍、大致整齐、基本押韵，这显然继承了传统诗歌的格式规范；从技巧上说，歌词表情达意凝练，结构跳跃，使用意象，营造意境，这也无疑延续了诗歌追求"诗意"的基因。很多时候，一首好的歌词就是一首好的自由诗，甚至能够进入诗学家的研究领域，如，崔健的摇滚歌词《一无所有》同时进入当代陈思和先生主编的《当代文学史教程》和谢冕先生主编的《中国百年文学经典文库》，而吕进先生也将乔羽的《我的祖国》《让我们荡起双桨》《人说山西好风光》《难忘今宵》《思念》等收入《新中国 50 年诗选》，陈洪先生将罗大佑的《现象七十二变》编入"十五"国家级规划教材《大学语

---

① 童龙超. 歌诗在诗歌与歌词之间——论新诗与歌词［J］. 宁夏大学学报（人文社会科学版），2012（1）.

文》中的"诗歌篇"，而诸如方文山的《东风破》《菊花台》《青花瓷》《千里之外》、黄霑的《沧海一声笑》、庄奴的《又见炊烟》、李宗盛的《山丘》等歌词，其主题、情感、意象、语言等各方面都表现了一种独特化、个体化和体验化的艺术创造。它们实际上已经"诗化"，是"诗化的歌词"，成为了诗。

2. 文本形式的音乐属性

歌词主要用于歌唱和聆听，其文本存在形式属于音乐艺术的一部分。从创作角度上说，歌词创作的目的就是便于谱曲入乐，被传唱，优秀的歌词作家在创作时自觉以乐段乐曲的结构和要求来规范自己的作品。相反，那些不能入乐、不便谱曲的歌词，不能算作真正的歌词。

歌词的音乐性体现在它的句式、结构、韵律、节奏等方面。

在句式上，歌词各段之间相对应的字数、音节基本都一样，即使字数略有出入，音节也大致相同，这样既便于配合音乐的曲式，便于谱曲，也便于歌唱。在结构上，它要求段落分明，便于情感转换、递进，以及听众对内容的理解。在韵律上，歌词前后大体押韵，一般不会换韵，即使一、三、五可以不押，二、四、六也必须分明。韵脚是形成歌词音乐性的重要因素之一，合辙押韵的歌词有着音节美，这种音节之美即便在没有曲调的情况下，都可以表现出来。

比如王立平的歌词《驼铃》是一段体的歌词，主体有两段歌词组成。第一段"送战友，踏征程。默默无语两眼泪，耳边响起驼铃声。/路漫漫，雾茫茫。革命生涯常分手，一样分别两样情。/战友啊战友，亲爱的弟兄，当心夜半北风寒，一路多保重"，第二段"送战友，踏征程。任重道远多艰险，洒下一路驼铃声。/山叠嶂，水纵横。顶风逆水雄心在，不负人民养育情。/战友啊战友，亲爱的弟兄，待到春风传佳讯，我们再相逢"。两段歌词在对应位置上，字数、音节大致相同。如两段首句"送战友、踏征程"字数、音节完全相同，"默默无语两眼泪"与"任重道远多艰险"字数相等，音节相同。"耳边响起驼铃声"与

"洒下一路驼铃声"不仅字数相等，内容也有关联。第一段与第二段结构大致相同，内容关联，并呈现递进关系。第一段因亲爱的战友分别而叮咛，表现革命友谊的深情；第二段则转深沉为豪迈，以革命事业、人民利益为重，期待美好明天，相互勉励。

　　歌词长短、顿连、句逗的吸气构成歌词的节奏，歌词句式的顿挫再配合音韵的长短、轻重，本身就是一个节奏鲜明的音乐。节奏感在 RAP 歌词中表现更明显，比如《老子明天不上班》中首段"老子明天不上班爽翻巴适的板/老子明天不上班想咋懒我就咋懒/老子明天不上班不用见客户装孙子/明天不上班可以活出一点真实/老子明天不上班闹钟响也不用管"中首句三个语段"老子明天不上班""爽翻""巴适的板"音节抑扬顿挫，两轻一重，句式长短不一，富有节奏感。首句的散句形式又与后面基本都是整句形成对比和变化，与此同时它又作为流行句在每个段落之间反复出现，成为段落转换的标准，又保持了整个歌词的节奏整一。

3. 文本生成的非独立性

　　歌词是歌唱的词句，它依靠演唱塑造形象，在时间的展开中展开，是声音的、动态的、稍纵即逝的艺术，因此歌词的创作，要始终面向音乐、面向歌唱、面向听众，在结构、节奏与韵律上要受到多方的制约，要求便于谱曲、便于演唱、便于理解、便于记忆，一般要从表现技法、作曲家谱曲、歌手演唱和听众聆听四个角度进行综合考虑。比如，歌词的词句长短要适应音乐的乐句长短，词段要适应歌曲的乐段长短等，而现在所说的歌词的段式就是建立在乐段基础之上的结构形式。在遣词造句上，除非有特别的艺术追求，也尽量选择便于歌唱和便于聆听、记忆的词句。歌词的语言，一般要求准确、鲜明、生动、质朴、口语化。在内容上，歌词也尽量做到抒情为主，叙事、描写或说理为辅，避免自由诗中经常出现的"歧义""模糊""含混"现象，也不便抒发过于精微的内心体验、碎片化的感触或需要逻辑推理的哲思。

相对于自由诗创作的个人性与独立性，歌词创作要兼顾创作主体、传播载体和受众各方面的需要，它是词人、作曲家、歌唱家和听众多方面的对话，体现音乐性与文学性的统一、文学和音乐两种艺术形式的交叉。

三、写作要点

1. 内容短小精悍

一首歌演唱时间一般只有短短几分钟，因此歌词要求短小精悍、高度凝练，从接受角度而言，歌词过长也难于理解和记忆。因此在创作上要精简人物、事件线索，减少意象、形象。一段式、两段式歌词居多，超过五个段落的诗歌极为罕见。

2. 主题明确集中

相对于自由诗或者其他诗歌在主题与意蕴上追求"空白""不确定性""含混""歧义"等审美品格相比，歌词要求主题明确，便于理解，以便确定歌曲情感基调，配合相应旋律。一般可从歌曲的名称迅速了解主题，如《常回家看看》《思念》《爱拼才会赢》等，有的会在歌词中通过重复来揭示主题，如《大海》的"如果……"句式揭示对失去爱情的追忆与眷恋。

3. 结构整饬

歌词要有起码的句式和段式，以适应歌曲的乐句与乐段。

基本句式一般为"2＋2＋3"的七字句和"2＋3"五字句，或者是七字句和五字句的混合，或是在七字句和五字句的基础上加以衬字、垫字。另有在基本句式的基础上，插入成串的、由不同字数构成的词语或分句的样式，称为"垛句"。一般而言，小型词用作单一句式较多，大型词用作多种句式混杂，以适应表达需要。

歌词的基本段式为一段式、二段式、三段式和多段式。段式内在结构的不同、句数的不一，带来不同的节奏感。《义勇军进行曲》为一节的一段式歌词，《绣红旗》《人说山西好风光》等为分节的一段式；《今天是你的生日》属单纯性的二段式，劫夫的《我们走在大路上》是一首主、副歌式的二段式歌词；三段式的有《在中国大地上》《北京颂歌》等；多段式歌词有《毕业歌》《珠穆朗玛》《挑担茶叶上北京》等。

4. 以押韵营造旋律

歌词要求大致押韵，使之更具音乐性。押韵可以一韵到底，比如《茉莉花》；也可中途转韵，常常会用"通韵"的手法，即利用韵母中主要元音相近、相似的字，如"音"和"英"、"安"和"昂"、"优"和"乌"、"衣"和"诶"等韵，这样转韵会更自然。押韵的方式多样，可以在句末最后一个字押韵，也可在段落之间同位置句子其中的某个字对应押韵。

5. 语言朴素、口语化

诗歌用于"看"，属于视觉艺术。视觉艺术可玩味、体悟，可观摩、反复阅读，不限时间。歌词用于"听"，属于听觉艺术。听觉艺术属于时间艺术，要求在旋律一次性运动中把握住歌词大意。因此歌词遣词用句一定要通俗易懂，尽量口语化，尽可能地不用形容词，方可被瞬间理解。虽然某些港台歌词有意营造古典意境，但也只是在口语、白话句式上点缀传统文化意象，不影响阅读与理解。

6. 营造流行句、记忆点

这让人一次记住歌名或歌词的重要段落。歌词中流行句或记忆点的设置方法有：以歌名为核心的流行句，如《一生何求》《一无所有》《我是一匹来自北方的狼》等，是设置流行句或记忆点的第一种方法；在主歌或副歌中设置流行句或记忆点，如《常回家看看》围绕"常回家看看"设置的句式，《爱拼才会赢》中的"三分天注定，七分靠打拼"。

四、写作训练

1. 分析下面歌词的结构。

思念

你从哪里来 我的朋友

好像一只蝴蝶飞进我的窗口

不知能作几日停留

我们已经分别太久太久

你从哪里来 我的朋友

你好像一只蝴蝶飞进我的窗口

为何你一去便无消息

只把思念积压在我心头

你从哪里来 我的朋友

好像一只蝴蝶飞进我的窗口

不知能作几日停留

我们已经分别太久太久

你从哪里来 我的朋友

你好像一只蝴蝶飞进我的窗口

难道你又要匆匆离去

又把聚会当作一次分手

难道你又要匆匆离去

又把聚会当作一次分手

又把聚会当作一次分手

2. 比较诗歌《雨巷》和歌词《丁香姑娘》，概述自由诗与歌词的差异。

雨巷

戴望舒

撑着油纸伞，独自

彷徨在悠长、悠长

又寂寥的雨巷，

我希望逢着一个

丁香一样地

结着愁怨的姑娘。

她是有

丁香一样的颜色，

丁香一样的芬芳，

丁香一样的忧愁，

在雨中哀怨，

哀怨又彷徨；

她彷徨在这寂寥的雨巷，

撑着油纸伞

像我一样，像我一样地

默默彳亍着

冷漠、凄清，又惆怅。

她默默地走近，

走近，又投出

太息一般的眼光，

她飘过

像梦一般的，

像梦一般的凄婉迷茫。

像梦中飘过

一枝丁香地，

我身旁飘过这女郎；

她默默地远了，远了，

到了颓圮的篱墙，

走尽这雨巷。

在雨的哀曲里，

消了她的颜色，

散了她的芬芳，

消散了，甚至她的

太息般的眼光

丁香般的惆怅。

撑着油纸伞，独自

彷徨在悠长、悠长

又寂寥的雨巷，

我希望飘过一个

丁香一样地

结着愁怨的姑娘。

丁香姑娘

汤松波

丁香一样的姑娘，走进江南的雨巷，

美丽的油纸伞，撑着春天的梦想。

日子一天天飞扬，我思念着你的模样。

丁香一样的姑娘，站在梦里的水乡，

纤纤的背影，牵引我在雨中徜徉。

思绪无边无际飞翔，想起我偷看你的模样。

我要穿越岁月的围墙，找寻你远行的方向。

你是我黑夜的太阳，温暖我孤独的心肠。

你是我黑夜的太阳，照亮我寂寞的雨巷。

延展阅读

推荐书目

1. 吴颂今.歌词写作十八讲［M］.北京：人民音乐出版社，2012.

2. 毛翰.歌词创作的原理和方法［M］.北京：线装书局，2008.

"创意写作书系"介绍

　　这是国内首次系统引进国外创意写作成果的丛书，它为读者提供了一把通往作家之路的钥匙，帮助读者克服写作障碍，学习写作技巧，规划写作生涯。从开始写，到写得更好，你都可以使用这套书。

"创意写作书系"丛书书目

非虚构类写作指导		
书名	作者	出版日期
自我与面具：回忆录写作的艺术	玛丽·卡尔	2017 年 10 月
新闻写作的艺术	纳维德·萨利赫	2017 年 6 月
回忆录写作（第二版）	朱迪思·巴林顿	2014 年 6 月
写作法宝：非虚构写作指南	威廉·津瑟	2013 年 9 月
写出心灵深处的故事——非虚构创作指南	李华	2014 年 1 月
★故事技巧——叙事性非虚构文学写作指南	杰克·哈特	2012 年 7 月
★开始写吧！——非虚构文学创作	雪莉·艾利斯	2011 年 1 月
虚构类写作指导		
小说的艺术：给青年作者的写作指导	约翰·加德纳	2019 年 10 月
超级结构：解锁故事能量的钥匙	詹姆斯·斯科特·贝尔	2019 年 6 月
人物与视角：小说创作的要素	奥森·斯科特·卡德	2019 年 3 月
从生活到小说（第三版）	罗宾·赫姆利	2018 年 1 月
小说写作：叙事技巧指南（第九版）	珍妮特·伯罗薇等	2017 年 10 月
★成为小说家	约翰·加德纳	2016 年 11 月
小说创作谈	大卫·姚斯	2016 年 11 月
如何创作炫人耳目的对话	詹姆斯·斯科特·贝尔	2016 年 11 月
小说创作技能拓展	陈鸣	2016 年 4 月
故事力学：掌握故事创作的内在动力	拉里·布鲁克斯	2016 年 3 月
写小说的艺术	安德鲁·考恩	2015 年 10 月
弗雷的小说写作坊：让劲爆小说飞起来	詹姆斯·N.弗雷	2015 年 7 月
弗雷的小说写作坊：劲爆小说秘境游走	詹姆斯·N.弗雷	2015 年 7 月
经典情节 20 种（第二版）	罗纳德·B.托比亚斯	2015 年 4 月
故事工程——掌握成功写作的六大核心技能	拉里·布鲁克斯	2014 年 6 月
★冲突与悬念——小说创作的要素	詹姆斯·斯科特·贝尔	2014 年 6 月
情节与人物——找到伟大小说的平衡点	杰夫·格尔克	2014 年 6 月
★经典人物原型 45 种——创造独特角色的神话模型（第三版）	维多利亚·林恩·施密特	2014 年 6 月
★30 天写小说	克里斯·巴蒂	2013 年 5 月

★情节！情节！——通过人物、悬念与冲突赋予故事生命力	诺亚·卢克曼	2012 年 7 月
★开始写吧！——虚构文学创作	雪莉·艾利斯	2011 年 1 月
★小说写作教程——虚构文学速成全攻略	杰里·克利弗	2011 年 1 月
综合类写作指导		
与逝者协商——布克奖得主玛格丽特·阿特伍德谈写作	玛格丽特·阿特伍德	2019 年 10 月
童书写作指南	玛丽·科尔	2018 年 7 月
心灵旷野：活出作家人生	纳塔莉·戈德堡	2018 年 1 月
来稿恕难录用：为什么你总是被退稿	杰西卡·佩奇·莫雷尔	2018 年 1 月
大学创意写作·应用写作篇	葛红兵 许道军 主编	2017 年 10 月
大学创意写作·文学写作篇	葛红兵 许道军 主编	2017 年 4 月
从创意到畅销书：修改与自我编辑	詹姆斯·斯科特·贝尔	2016 年 1 月
写作是什么：给爱写作的你	克莉·梅杰斯	2015 年 10 月
故事工坊	许道军	2015 年 5 月
写好前五十页	杰夫·格尔克	2015 年 1 月
作家创意手册	杰克·赫弗伦	2015 年 1 月
创意写作教学（实用方法 50 例）	伊莱恩·沃尔克	2014 年 3 月
你的写作教练（第二版）	于尔根·沃尔夫	2014 年 1 月
诗性的寻找——文学作品的创作与欣赏	刁克利	2013 年 10 月
创意写作大师课	于尔根·沃尔夫	2013 年 7 月
★一年通往作家路——提高写作技巧的 12 堂课	苏珊·M.蒂贝尔吉安	2013 年 5 月
写好前五页——出版人眼中的好作品	诺亚·卢克曼	2013 年 1 月
畅销书写作技巧	德怀特·V.斯温	2013 年 1 月
成为作家	多萝西娅·布兰德	2011 年 1 月
类型文学写作指导		
开始写吧！——推理小说创作	劳丽·拉姆森	2016 年 7 月
开始写吧！——科幻、奇幻、惊悚小说创作	劳丽·拉姆森	2016 年 1 月
弗雷的小说写作坊：悬疑小说创作指导	詹姆斯·N.弗雷	2015 年 10 月
网络文学创作原理	王祥	2015 年 4 月
好剧本如何讲故事	罗伯·托宾	2015 年 3 月
写我人生诗	塞琪·科恩	2014 年 10 月
开始写吧！——影视剧本创作	雪莉·艾利斯	2012 年 7 月
青少年写作指导		
北大附中创意写作课	李韧	2020 年 1 月
北大附中说理写作课	李亦辰	2019 年 12 月
奇妙的创意写作：让你的故事和诗飞起来	卡伦·本基	2019 年 3 月
会写作的大脑 1：梵高和面包车（修订版）	邦妮·纽鲍尔	2018 年 7 月
会写作的大脑 2：怪物大碰撞（修订版）	邦妮·纽鲍尔	2018 年 7 月
会写作的大脑 3：33 个我（修订版）	邦妮·纽鲍尔	2018 年 7 月
会写作的大脑 4：亲爱的日记（修订版）	邦妮·纽鲍尔	2018 年 7 月
写作魔法书——让故事飞起来	加尔·卡尔森·莱文	2014 年 6 月

创意写作书系·青少年系列

《会写作的大脑》（套装四册）

作者：【美】邦妮·纽鲍尔 出版时间：2018年6月

《会写作的大脑1·梵高和面包车（修订版）》

这是一本给青少年的创意写作练习册，包括100个趣味写作练习，它将帮助你尽快进入写作，并养成写作习惯。你只需要一支笔和每天十分钟，就可以加入这个写作训练营了。

《会写作的大脑2·怪物大碰撞（修订版）》

本书包含了100个充满创意、异想天开的写作练习，帮助你迅速进入状态，并且坚持写作。你在开始写作时遇到过困难吗？以后不会了！拿起这本书，释放你内心的作家自我吧！

《会写作的大脑3·33个我（修订版）》

在这本书中，你会用各种各样的工具、用各种各样的姿势、在各种各样的地方写作。它将帮助你向内探索，把自己的生活写成故事。

《会写作的大脑4·亲爱的日记（修订版）》

本书是那些需要点燃或者重启写作灵感的人的完美选择。无论何时、何地，只要你翻开这本书，开始动笔跟着练习去写，它都能激发你的创造力，给你的写作过程增加乐趣，并帮助你深入生活、形成自己的创作观。

面包师有办法

把这 x3 种食物或者与食物有关的词造用在故事中。

- 甘蓝
- 种用浆瓜、种豆浆豆
- 醉红咖
- 椰子

- 绿老瓜
- 郁仁茶
- 牛猪
- 西猪果
- 巧克力

- 瓜鼠寿菜
- 鸡肉
- 冰连
- 西有菜豆

这样开头：

她猫了一点……

_____

_____

_____

下一步

看着多种方法这可以养养你的奇异想目光，就是爱阅读，还有打破惯规，就可以一边写作一边阅读两类型的作品，在写作中，分行端过什么么样的判断？里面什么判断的？

06

门镜 12

你从前门的门镜往外看，看到一个人。写一个故事，这样开头：

那时候我希望就采目一个小家庭……

下一步

纸门不要这养家庭，就是家领话得那厚，链接作的那双关系，图列与一个喜爱作家置立思想？（就是"六度分隔理论"的那样？）

00

隐形墨水

找一张空白纸片，覆盖在下面的图形上。

拿一支圆珠笔，不要用中性笔、马克笔或蓝字笔。

在上面的纸片上慢慢地，用力地，一笔一笔划地写下一流你准备在这个月内完成的写作计划。

把上面的纸片劝收。

把日历翻到30天后，做好标记，提醒自己翻回这一页，一个月后，按照"下一步"中的描示去会看。

下一步

欢迎回来！希望你这个月注意不懂，拿这一片纸毛，最好不要用金珠铅笔，把某克纸过涂，轻轻擦抹上面的纸成图形，这今天开始，把美你计划的写作计划。时两这还漫，从今天开始，把美你已经做过的，现在是为下个月时本。"下一步"，做个标记的另外，你的自容还是看得见其状。

18

闹鬼的城堡

你偶遇在一座痫痫鬼的喉墨过夜。列出六件你一定要带的乐品。

1. _____
2. _____
3. _____

4. _____
5. _____
6. _____

把包们的盼母在故事里，这样开头：

有时候遇伤

_____

_____

下一步

如果你得立刻打包真开家，你会带上你的作品吗？如果会，是哪部作品？如果不，是让作品出席任这个优先列表上，你要要做什么？

22

图书在版编目（CIP）数据

大学创意写作．文学写作篇/葛红兵，许道军主编．—北京：中国人民大学出版社，2017.3
（创意写作书系）
ISBN 978-7-300-24036-7

Ⅰ.①大… Ⅱ.①葛… ②许… Ⅲ.①文学写作学-高等学校-教材 Ⅳ.①H15

中国版本图书馆 CIP 数据核字（2017）第 020935 号

创意写作书系
大学创意写作·文学写作篇
葛红兵 许道军 主编
Daxue Chuangyixiezuo

出版发行	中国人民大学出版社				
社 址	北京中关村大街 31 号		**邮政编码**	100080	
电 话	010 - 62511242（总编室）		010 - 62511770（质管部）		
	010 - 82501766（邮购部）		010 - 62514148（门市部）		
	010 - 62515195（发行公司）		010 - 62515275（盗版举报）		
网 址	http://www.crup.com.cn				
经 销	新华书店				
印 刷	天津中印联印务有限公司				
规 格	160 mm×235 mm 16 开本		**版 次**	2017 年 3 月第 1 版	
印 张	12.75 插页 1		**印 次**	2022 年 1 月第 6 次印刷	
字 数	159 000		**定 价**	36.00 元	

版权所有　侵权必究　印装差错　负责调换